かれくさのね

桃源亭事件

［日］陈舜臣 著

程亮 译

天津人民出版社
天津出版传媒集团

图书在版编目（CIP）数据

桃源亭事件 /（日）陈舜臣著；程亮译 . -- 天津：
天津人民出版社 , 2021.1
ISBN 978-7-201-16849-4

Ⅰ.①桃… Ⅱ.①陈… ②程… Ⅲ.①长篇小说 – 日
本 – 现代 Ⅳ.① I313.45

中国版本图书馆 CIP 数据核字 (2020) 第 242710 号

© S. Chin 2009 Printed in Japan
简体中文翻译版权由创译通达（北京）咨询服务有限公司独家授权代理

著作权合同登记号：图字 02-2020-322

桃源亭事件
TAOYUANTING SHIJIAN

[日] 陈舜臣 著　程亮 译

出　　版	天津人民出版社
出 版 人	刘　庆
地　　址	天津市和平区西康路 35 号康岳大厦
邮政编码	300051
邮购电话	（022）23332469
电子信箱	reader@tjrmcbs.com

责任编辑　岳　勇
特约编辑　吕　妍
封面设计　吴黛君

制版印刷　大厂回族自治县德诚印务有限公司
经　　销　新华书店
开　　本　620×889 毫米　1/16
印　　张　15
字　　数　190 千字
版次印次　2021 年 1 月第 1 版　2021 年 1 月第 1 次印刷
定　　价　59.00 元

版权所有　侵权必究
图书如出现印装质量问题，请致电联系调换（022-23332469）

目录

一、序章　十二月一日 /001

二、"桃源亭"之主 /014

三、远方来客 /020

四、诊　病 /027

五、观　光 /036

六、爱打扮的男人 /041

七、陶家的星期日 /045

八、深夜造访 /049

九、噩　耗 /056

十、临时记者俱乐部 /060

十一、管理员的讲述 /068

十二、辻 /074

十三、治丧委员会 /080

十四、"鸥庄"五号房间 /085

十五、汇　报 /094

十六、信　封 /102

十七、葬礼通知 /111

十八、恳　谈 /117

十九、乡村祭礼 /125

二十、忙碌的一天 /128

二十一、五号房间波澜再起 /133

二十二、棋　战 /140

二十三、烧烤店和旅馆 /146

二十四、电　话 /151

二十五、东瀛游记 /156

二十六、吉田庄造的解释 /163

二十七、访　客 /172

二十八、口　信 /180

二十九、是　夜 /189

三十、翌　晨 /193

三十一、辻村现身 /198

三十二、自白书 /203

三十三、自白书续 /218

三十四、评　定 /226

三十五、尾声　十二月三十一日 /233

一、序章　十二月一日

路旁小巷里突然窜出一个小孩，唰地从车前飞奔而过，险些被撞个正着。现场立时响起刺耳的刹车声，司机随即破口大骂。

马克·顾察觉到妻子正死死地抓住自己的上臂，手指甲几乎已掐进肉中。

"别怕。"他一边用另一只手温柔地抚摸妻子纤细的手指，一边说道："乔玉，松手吧，没事了。"

妻子乔玉缓缓将手松开。此时计程车窗外的东京街道，正渐渐被暮色笼罩。

"拜托你开车小心点儿啊！"马克·顾探出身子对司机说道。但司机不懂英语，只是摇了摇头，身为第二代华裔的美国公民马克·顾也只能无奈地坐回原处。

乔玉紧挨丈夫而坐，马克·顾感到她的身体仍显僵硬，心里不禁生出一种保护者的情绪。这种情绪是他几乎从未体会过的。乔玉平时格外强势，又固执异常，虽然爱护妻子是丈夫的特权，但他却一直鲜有机会行使。这是他深埋心底的一大不满，谁料眼下竟遇上如此大好机会。

他悄悄将手搭上妻子肩头，口中说道："那小孩没事。这在东京只是家常便饭，来之前你不是早就向我打听得一清二楚了吗？"

乔玉身子轻晃，将丈夫的手从肩上抖开，随即说道："家常便饭？你的意思是说，我伯父在这里遭遇车祸也是家常便饭喽？"

马克看到妻子脸上那熟悉的挑衅神情，明白他的美梦已宣告破灭。

"我不是那个意思。乔玉啊，你太紧张了。可能你刚从寺里回来，情绪还很激动。我只是看你似乎有些害怕才……"

"我一点儿都不怕！"

当计程车停在旅馆前时，乔玉以不容分说的口吻说了句："你少管闲事！"

听闻此言，连马克也大感心头火起。一时间，二人双双陷入沉默。

乔玉一发脾气便令人吃不消，相反心情转变得也很快。这或许便是典型的喜怒无常。到了晚饭时，她已经浑若无事，甚至二人还在饭后并肩坐在沙发里，彼此脸贴着脸，一同翻阅观光指南。

对丈夫乔玉不得不心怀感激。二人刚于昨晚抵达羽田机场，今日一大早便乘坐那辆惊心动魄的计程车东奔西走。先是去拜访伯父生前的熟人，以及伯父住所和工作大楼内的各个邻居，打听伯父晚年的境况，又前往寄放骨灰的寺庙进行参拜——全都是为了乔玉的事。如此一路马不停蹄，丈夫一直陪在她身边，直至所有事情结束，始终毫无怨言。

"马克，很累吧？"

"这算什么？"马克微微耸起强壮的肩膀说道，"现在更重要的是制订一个观光计划。我们足足有三周的时间，可以好好打算一下。"

马克·顾今年三十二岁，是一位肤色略黑、体格健壮的青年。

他和留学生李乔玉成婚于两年前,尚无儿女。目前,他正以环宇企业驻外员工的身份前往香港赴任,顺便打算在途中来日本休整一番。

"京都两天够吗?"

"两天啊?够是够了,但要是到时觉得喜欢,何不多玩儿几天?反正计划又不用那么死板,只要缩减一下其他地方的时间,就来得及。"

"在大阪我还有个大学时的朋友,叫驹沢,先给他寄张明信片去吧……嗯,那家伙的住址是……"马克拿出记事本翻看起来。

"我也有事要去神户。"说着,乔玉欢快的表情中现出了一丝愁容。

银座。四面八方的霓虹灯开始接连点亮。白沢绢子瞥了一眼手表,自言自语道:"不用着急。"

已经没必要着急了,因为她已大致查明田村良作的去向。

然而她仍未放缓脚步,虽然她很清楚,这样匆匆忙忙地在银座街上行走根本无济于事。离"银河号"发车还有大把时间,万事也已俱备,行李箱早就寄存在了车站。此时此刻,她需要做的仅仅是找个地方慢慢地吃顿晚饭。

白沢绢子已年过三十,早不再是追在男人屁股后面的小姑娘了,如今却疯狂般地在夜晚的银座行色匆匆,的确算是仪态尽失。念及此处,她数次意欲放缓脚步,可不过片刻,却又再次变得步履匆匆。

田村已经失踪了一个多月。据说,他向公寓的阿姨声称要去北海道,一并结清了房租。那么怕冷的田村竟说要去北海道,真是连撒谎都撒得如此拙劣。

白沢绢子向田村的朋友打听过，所有人均表示毫不知情。纵然知情，只怕也已被叮嘱不得透露。幸而她偶然得知，新搬来她所住公寓的一个酒吧女招待认识田村。那女人叫奈美子，好像在田村常去的酒吧工作。

　　"你认识那人？他以前常来我们店里喝酒，大约一个月前去了神户，说那边有份工作很适合他的个性……"奈美子如此说道。

　　听着奈美子的讲述，绢子脑海里再现了田村本人的声音。当时，他定是在酒吧一边痛饮啤酒，一边高谈阔论，并用沾满了啤酒沫的嘴唇如此说道："……循规蹈矩的工作并不适合我，这几年实在太无聊了。老实说，失业后我反倒松了口气。仔细想想，还是那种能够自由发挥才能的工作适合我。以前的工作不仅在时间上受到束缚，还要写那些一成不变的文件，简直太乏味了。到了神户，叔父那儿的工作肯定会十分有趣。嗯，当然一开始肯定不会给我好脸色看，叔父会以为他这个混不下去的侄子是来吃闲饭的。不过，渐渐地他就会发现我的真正价值了。至于叔父在做什么，我也能大概猜到，总之一定适合我。原来的工作早已令我全身僵硬，能够暂时缓解一下，何乐而不为呢？虽说我对东京并非毫无留恋，但迟早总要离开的……"

　　说到这里，田村想必会得意地吹起口哨，继续说道："……我有一个女人，她太干涉我的生活了。我决定，去神户后再不找三十岁的女人，她们实在是太缠人了……

　　听到这里，绢子不禁紧咬嘴唇。她与田村在四个月前结束了同居生活，二人一刀两断——至少她是如此希望的，已经无可留恋。只不过，田村向她借走的五十万[1]至今仍未归还。

　　她是在讨回欠款，而不是像痴迷的天真少女那样在男人身后追。

---

[1]　本书中未标注的金钱单位均为日元。

话虽如此，对方毕竟远在天边，如此盲目地赶路，岂不显得可笑？她在人行道上停下脚步，这大概已是她第三次——不，第五次驻足了。

她的手下意识地摸了摸手提包的金属扣，五十万的借据正躺在包里。

※

神户。山手大街上的 S 旅馆。下午四点半。

南洋[1]著名的实业家席有仁此时正独自坐在宽敞的房间里。五兴公司的社长李源良将他从码头带到这里后，小坐片刻便离开了。他之所以早早告辞，想必是考虑到对方舟车劳顿。如此体贴的态度，也正反映出了他从小受到的良好教养。

席有仁试着设想，倘若换作他自己会怎样做——若有生意伙伴前来，无论对方如何长途劳累，自己恐怕都会立刻与其商谈要事，不告一段落绝不罢休。因为自己缺乏教养，总是急功近利。

席有仁脸上露出苦笑，因为他此刻毫无倦意。虽然年届古稀，他的身体却十分硬朗。不过是十天的海上航程，对他根本毫无影响。而且，此番航行格外舒适，反而将他从繁忙的事务中解放出来，得到了充分的休息。此时他甚至觉得体内的活力远比平时更为充沛。

李源良之所以早早离去，一定是为了给席有仁留出时间休息。李源良身材瘦高，显得弱不禁风，想来若是让他乘船航行十天，只怕早已累得精疲力尽了。然而以己度人往往是导致错误的根源。如今房间

---

[1] 南洋：明、清时期对东南亚一带的称呼。

里只剩席有仁一人，不要说上床休息了，他甚至感到浑身上下干劲十足。

不做事心则慌——这便是席有仁的性格。若要说什么是浪费，那么对他而言没有比发呆的时间更为浪费的了。那做什么好呢？这时，摆放在房间里的一张气派办公桌映入了他的眼帘。给新加坡的家人发份报平安的电报？不用，李源良已经代劳；安排一下在日本的行程？也不用，早在船上便已考虑好了。

席有仁在南洋经营的业务众多，其中也包括报刊事业。事实上，他正是《南洋日报》的持有人，还经常为这份报纸写些文章。在此次出发之际，编辑主任曾托他写下在日本的见闻，预计以十余回连载的形式刊登，并为他准备了《东瀛游记》这一别致的题目。

想起此事，他在心中暗道——那就写写《东瀛游记》的第一回吧！

一旦做出决定，席有仁便会立即着手，从不磨蹭。他来到办公桌前，拿起了钢笔。

最近几年，我有很多机会旅行。前年，我在美国逗留了约半年，去年则因技术协作的交涉辗转于欧洲各地。今年年初，我应邀远渡中南美洲。如今，我又来到了日本。

无论是谁，初次踏上一片土地时，都会产生难以名状的感慨。在抵达目的地之前，对未知事物的憧憬必然已在胸中发酵，而真正踏上那片土地的瞬间，密封已久的桶盖被突然揭开，一股酸甜的气息同时升腾而起。我曾无数次嗅到这种气息，在柏林的机场，在纽约的码头。而正是这气息将人带入了一种非同寻常的特殊心理状态。今天，在抵达神户港时，我又再次沉浸在了那种状态之中。然而，这一次却不止如此。对我而言，日本当真是一片前所未见的土地吗？

新加坡以及马来亚[1]的诸位读者，请你们以手扪胸，细细回想。敢问各位，对你们而言，日本真的是一片前所未见的土地吗？的确，各位想必并未亲眼看见过日本的风物，但你们定在十几年前见过满城皆是的日本人。不只是军人，还有执政官、军属、百姓，各种各样的日本人成群结队，在我们的土地上招摇过市。难道不是吗？新加坡也好，马来亚也好，都成了日本人的天下——这里我所指的并非仅是新加坡市被更名为充满日本色彩的"昭南"一事。我们都曾见到，他们将日本带进了新加坡。那时我是抗日团体的干部，一直在槟榔屿[2]躲避他们的追捕，整日躲在藏身之处提心吊胆。我当时很怕日本人，做梦都未曾想过有一天会来日本游玩。但如今，日本的河山正展现在我的眼前。

从某种意义上来说，这片土地并非是我从未见过的。相较于纯粹的陌生土地，这里似乎更能激起我的热情。

在不知不觉间，我已感到眼眶发热。或许有人会提出非难，认为这种表述夸张得让人唾弃。为了让各位能准确理解我情不自禁流下的泪水，我必须在此略作说明。虽是个人私事，本人亦甚感惶恐，但若不作说明，在今后连载时，我所写见闻的背景——换言之——笔者的内心状态就会被厚厚的幕布彻底遮挡。对写文章的人而言，最渴望的大概便是得到读者尽可能多的理解。因此，请允许我在这里对我的个人私事稍作提及。

二十多年前，我事业失败，进退维谷。倘若不得脱困，只怕将就此没落。于是我多方奔走，希望能够摆脱眼前的窘境，却没有一家银行肯理会我。但出乎意料的，上海的 H 银行向我伸出

---

[1] 马来亚：马来西亚独立前，对马来西亚西部地区的称呼。
[2] 槟榔屿：位于马来西亚西北的岛屿。

了援救之手，提供给我超出事业重建所必需的贷款资金。这无异于雪中送炭。我原本消沉的内心立马坚定起来，高举得来的这柄利剑，重新杀向事业的战场。

据说，当时H银行的干部一致反对向我融资，只有董事长L氏不顾众人反对，断然决定向我提供援助。L氏那时刚成为董事长，也很年轻。或许有些僭越，但我不得不说——他的确很有伯乐之能，因为我没过多久便将贷款悉数还清了。那时我给L氏写了一封信，其中附有事业重建方案，L氏在避暑地看了一遍后，当即就做出了融资的承诺。可以说，他一眼便看出了我对事业的无比热忱。

当时，我在心底发誓，终生决不忘L氏的大恩。我一头埋入事业之中，虽然贷款已经还清，但我要获得更高的成就给L氏看，这是我的心愿。不幸的是，战争爆发，这一夙愿终究化为泡影。然而，在我事业复兴期间，正在海外视察旅行的L氏不断来信激励我，我也给他写去回信，表达了自己不甘做吴下阿蒙的决心。由于战争，我们的书信往来暂时中断。更令人难过的是，L氏的银行不幸倒闭了。后来我才得知，他在日本的神户。

而正是这个L氏，今天亲自来神户的码头迎接了我！

席有仁放下钢笔，望向窗外。湛蓝的天空中悠然飘荡着两三朵薄云，令他忆起了南洋天空的颜色。在他出发时，新加坡的天空呈现出一种仿佛用牛奶稀释过的蔚蓝色。

片刻之后，他重新拿起钢笔，继续写道：

L氏的帽子上插着一朵黄色的小假花。他主动伸出手向我走来，开口说道……

同样在神户市内,还有一个人的思绪也飘向了南洋。只不过,那人心里想的并非天空,而是更低的地方——某处地下,以及周围的标记。

市议员吉田庄造抱着胳膊,双眼紧闭。他的一张红脸看起来精力旺盛,颧骨附近还泛着黯淡的光泽。

吉田的侄子田村良作此时正端端正正地坐在叔父面前。他偷偷地瞥了叔父一眼,却猜不透他的心思,不禁感到坐立不安。自打从东京来到这边,他一直装作老老实实。眼下,他只能仰仗这位叔父,故而努力抓住一切机会来迎合对方。他会配合叔父的心情,采取相应的态度。在这方面,他还是颇为自信的。

但即便如此,倘若无法摸清对方的心理状态,终究无计可施。吉田庄造此刻看似精神恍惚,田村心想他或许正在思考什么对策。

关于叔父的工作性质,田村渐渐地也开始有所了解,毕竟他来这里已有一个月了。

吉田庄造的所作所为并不光彩。坦白来说,便是在工商业者和政府机关之间斡旋,从前者手中敛取酬谢金,但是他并不直接经手所敛钱财。吉田庄造是一个格外谨慎的人,所有这些钱都会通过专属的秘密渠道洗白。不过,他最近觉得有必要对部分洗钱人员进行更换,田村似乎便已被提拔为新的一员。

叔父脸上的肌肉一动不动,不知他是在思考对策还是心情不悦。若是后者,原因恐怕便在于《中央报》今早的报道。那篇报道的标题是"与工商业者的孽缘",虽然并未指名道姓,内容中却写有"某有权有势的市议员……"显然是在暗指吉田。

"今早报纸上的那篇报道……"田村小心翼翼地开口说道,"想来想去,还是徐铭义那老头儿较为可疑。"

吉田庄造微微睁开双眼,开口喝道:"混账!他可是这个世界上最能守口如瓶的人。"

既然如此,那又为何要剥夺他洗钱人员的资格呢?不过很快,田村的这一疑问便告消解。

吉田有点恍惚地说道:"只不过,他有些不知变通,算是白玉微瑕。"

说到变通,田村对自己相当有信心。他以前一直变通得太过离谱。年到四十的他,经历过无数次失败,而究其原因,其一是酒,其二在于女人,其三便是变通过度。

吉田庄造再次闭上双眼,想着埋在地下的小铁盒,不知是否已经锈蚀破裂?不过,纵然有所损坏,也不会伤及里面的东西。

然而他的思绪并未在遥远的大洋彼岸多做停留,他是一个现实的人。吉田庄造睁开双眼,瞥向桌上的一张纸片,上面罗列着一串数字。

"还有没处理完的?"

"还有四十多万。"田村立即答道。

"四十多万?"吉田有点儿不快,"太不小心了。"

"总之我会在近期全部处理干净。"

"处理完记得将以前的账簿收回。那人虽然嘴巴很牢,但手中握着可疑之物,也可能会出意外,还是小心为上。"

"明白。"说完,田村轻声吹起了口哨。

吉田庄造不禁皱起眉头。虽然田村已尽力装出叔父喜欢的态度,但人的恶习却是很难改变的。

一位满头银发、身材瘦高的绅士走出 S 酒店，仰头望向天空。阳光中还残留着对晚秋的留恋。这位老绅士——五兴公司的李社长继而左右张望，像是在寻找计程车，却连影子也没看到，只好迈步前行。

　　天气无比晴朗，就这样步行回事务所也不错。

　　当行至东亚大街（Tor Road）时，他与两名男子擦肩而过。那是两个衣着邋遢的男人，其中一人头缠绷带、面戴口罩、弯腰曲背，无疑是个老人，但恐怕实际年龄并没有外表那么老；另一人身材矮小、略微跛脚，额上有道小小的伤疤，且目光混浊，看起来毫无生气，年龄在五十左右。

　　双方刚一错过，头缠绷带的男人便回过头来。他摘下口罩，开口唤道："这不是李先生吗？"

　　银发绅士面带疑惑，久久凝视着对方的脸。

　　"啊，你是……"他似乎终于想起了对方的脸，却又说不出名字，"你是会计……兴祥隆银行的会计……"

　　"没错，是我，徐铭义，曾经当会计的。"头缠绷带的男人说道。

　　"对对，我们多少年没见了？"

　　"都二十多年了。"

　　"有那么久吗？"

　　"您的头发可都白了一大半儿啦！"头缠绷带的男人说道。

"的确。"老绅士摸了摸头,"不过,没想到你竟在神户……"

徐铭义解释道,他离开银行后便立刻来了日本,历经千辛万苦,如今终于拥有了一幢公寓,好歹能够维持生计……

"我已将公寓交给他管理,他是日本人。"

同行的矮小男人脸色阴沉地盯着电线杆上的宣传画,并未意识到自己成了二人交谈的话题,因为这两位旧相识一直是在用中文交谈,也难怪。

"我已尽了最大努力,可银行还是在战后倒闭了。"当提及银行时,银发绅士似乎仍很伤感。

接着,他扼要地讲述了自身的一些境遇,如今他在做生意,来这边也才半年左右,现住在山本大街的公寓,最近正打算另寻租处……

"有空去我那儿玩吧,虽然地方有些小。"

"一进那条巷子就是我的住所。"头缠绷带的老人也向对方告知了自己的住址,他就住在属于自己的那栋公寓里。

"有空我会去的。"五兴公司的社长说道。

随后,二人便郑重地握手道别。

五兴公司处在海岸大街东南大楼的二楼。李社长沿着东亚大街,朝着海岸大街的方向径直走去。

东南大楼共有六层,建于战前,相比近期在周围林立起来的新建筑而言,难免给人一种人老珠黄之感。大楼的持有者——东南汽船公司占据了整个一楼,自二楼以上都是外租事务所,多为外贸商社、保险公司、船运企业等,也有几家外国公司,但只有二楼的五兴公司是中国企业。

身形瘦削的李社长登上略显昏暗的楼梯,身影消失在了二〇八号房间。

五兴公司的确是东南大楼内唯一的一家中国企业,但除公司外,楼里还有一家中国人经营的店铺,便是位于地下室的餐馆——"桃源亭"。

《中央报》的记者小岛和彦此时正坐在空无一人的"桃源亭"里。他看了看时钟,站起身来说道:"店里马上就要忙起来了,今天先告辞了。"

店里晌午时分是最忙的,但过了五点的下班时间后,也会有些客人。

浑身肌肉虬结的店主陶展文从座椅上站起来,说道:"不好意思,小岛君。徐铭义既是我的朋友,又是我的病人。我不能去刺探他,这点还请见谅。"

"没关系,我会自己调查的。"

"既然你要自己调查,我就没什么好说的了。"

一送走小岛,陶展文便大大地打了个哈欠。

二、"桃源亭"之主

陶展文今年五十岁整，看上去却至多只有四十岁左右，浑身上下毫无赘肉。他一向穿着单薄，即便是严冬，也很少穿大衣。到十二月开始供暖后，他经常在店里脱去上衣，只穿一件半袖T恤。当他高举双臂打哈欠时，手臂上肌肉的跃动清晰可见。"桃源亭"的厨房后面有一间三张榻榻米[1]大的小屋，那里是店主陶展文的小窝。但这并不是说他要在这个大楼的地下室里过夜，因为他自己在北野住宅区有一所很不错的房子。只不过，虽然每天都来"桃源亭"报到，身为店主的他实际上却无事可做。以前，他也会亲自切菜掌勺，品鉴菜的味道。后来妻子的侄子衣笠健次来当助手，现在已被训练得能够独当一面，不知从何时起，店里的所有工作便都交给了健次。"桃源亭"主营拉面、馄饨一类的小吃，并无上得了酒席的菜肴，最多只能做些稍好点的大众小菜。也就是说，与味道相比，这家餐馆面向的顾客更重视胃的需求。因此，即便陶展文毫无干劲，对店里也无什么影响。

---

[1] 一张榻榻米的面积约为1.62平方米。

如此一来，他便自然而然地经常窝在三张榻榻米大的小屋里，躺着看看书，无聊了就出门信步闲逛。

连续打了三个哈欠后，陶展文对厨房里的健次说道："小岛君也是个直性子的人，我总觉得，他到最后可能会被逼无奈使用拳法。"

"我看小岛不行。他要么因一知半解吃亏，要么就可能半途而废。"厨房里的健次答道。

"才怪！小岛可是很棒的。"陶展文说道，"小岛君是我最好的弟子，至于你这样的，不好意思，只能算是留级生。"

被视为留级生的健次却愉快地笑道："他若是对上叔叔，肯定会被打得落花流水。"

陶展文的个人经历非同寻常。他原籍陕西，这在华侨之中并不多见。自幼在曾是官吏的父亲的任职地福建长大，年轻时留学日本，学习法律，高中和大学都在东京就读，因而说得一口标准的日语。他曾回国待了几年，其后不知为何又重返日本。有人猜测，他可能是因过于深入政治运动而致心生厌烦。总而言之，这二十多年来，他一直居住在日本，最后娶了一名日本女子。他的父亲是一位有名的拳法家，所以他自幼便开始学习拳法。直到现在，他每天清晨仍会早早起床，在庭院里练习拳法，以之替代体操。大约五年前，当时陶展文还住在中山手大街，一名住在隔壁公寓二楼的大学生目睹了这种神奇的体操，不禁大感好奇。最后，他敲开了陶展文的房门，恳求学习拳法。那名大学生正是现在的《中央报》记者小岛和彦。因此，直至今日，小岛在陶展文面前仍会行弟子之礼。

拳法是陶展文自幼习得的功夫，厨艺则是在不经意间掌握的，可谓自成一派，既非南方菜系，亦非北方品种。除此之外，陶展文还对中药颇有研究，如今已是名公认的出色中医。但妻子节子并不相信他的医药知识，因为她已喝过无数苦涩的中药，简直像泡在了药罐子里，但间歇性腹痛却一直无法治好。节子深信，华侨们之所以将陶展文视作名医，完全是被他强健的身体所欺骗了。

"唉，出去走走吧！"

说着陶展文走出了三张榻榻米大的小屋。

东南大楼的地下室，除了锅炉房还有小餐馆、茶室、理发店、寿司店、烟草柜台，等等。或许因为大楼的持有者是造船公司，地下室给人的感觉也像是在船舱里。涂得厚厚的油漆散发出刺鼻的味道，与锅炉的热气混杂在一起，形成了一股仿若水手的气息。而且，还有一家名叫"猎户座餐馆"的小店因地制宜，模仿船舱装上圆形窗户，并装饰上救生圈。陶展文在这里开店已整整十年，一直闻着这种仿若水手的气息，有时也会感到厌烦。平时倒还好，仔细想来，似乎每当心情不快时，他便会心生厌恶。这种间歇性的发作倒是与妻子的腹痛有些相似。

陶展文晃晃悠悠地来到走廊里，目光停在"猎户座餐馆"的圆窗上，心中感到一阵不快。陶展文暗想——看来今天心情不佳啊！心里似乎还很在意小岛的事情。小岛为了揭发地方政客吉田庄造的非法勾当，正在努力展开调查。但吉田是有权有势的大人物，倘若贸然对其出手，必定极为危险。陶展文在心中默默祈祷，希望爱徒小岛不至于用到他所传授的功夫。

"您要出门？""猎户座餐馆"的主人站在店前，温柔地打招呼道。

"没事出去逛逛。"陶展文尽量面带微笑地回答。

自己不应该把对圆窗的不快发泄在秃头身上，更何况这个秃头是不折不扣的老好人。必须静下心来——应该下下围棋。想到这里，他眼前立刻浮现出了围棋对手的面孔。

大楼正门的收发室里坐着的是一个长相棱角分明的男人，看来亲爱的围棋对手——善先生并未值班。保安室位于二楼。此刻，善先生刚好正坐在那间四张半榻榻米大的房间里，背靠着墙阅读周刊。

陶展文向他邀战。善先生看了看手表，说道："我必须在三点半换班，只能陪你下不到一个小时的棋。"

"一个小时就足够了。"

说完，二人立刻摆好棋盘开始较量，落子速度异常惊人。

一如往常，二人在短得令人难以置信的时间内分出了胜负。陶展文胜。

随后，二人急匆匆地各自点了根烟，争分夺秒地展开了第二局的较量。

第二局仍是陶展文胜。

"不行了，今天到底怎么回事？"善先生搔着头发稀疏的脑袋，口中嘟囔道。

保安室与开水房相通，中间的门一直四敞大开。若是哪间办公室没有安装煤气设施，女职员或勤杂人员就会来开水房借用。

第二局下完，快马加鞭的二人终于停下来稍事休息。这时，一名年轻的女职员走了进来，开口说道："大叔，我用下煤气。"

"用，爱用多少用多少。"善先生的语气颇为粗鲁，或许连吃败仗让他有点心烦意乱了。

"等等，能否让我看看你的罐子？"陶展文注视着女职员提在手中的方罐，开口问道。

"这是中国茶。"说着，女职员将罐子递过去，只见商标上印着观音端坐云头的图案。

"哦？是铁观音啊！你们办公室喝的茶真奢侈啊！"

"平时当然不会喝这么贵的，今天比较特殊，因为来了一位很重要的客人。"

"你是在五兴公司工作吧？"

"是啊，怎么了？您知道我们公司？"

这个推理其实很简单。会备有福建名茶铁观音的，只能是中国企业，而在这幢东南大楼里，只有二楼二〇八号房间的五兴公司是中国企业。

"嗯，知道。"陶展文笑道，"来客也是中国人吧？"

"没错，是新加坡瑞和企业的社长。我们公司是瑞和的代理店，所有生意都要仰仗瑞和，所以必须好好招待……"

"瑞和的社长是席有仁吧？"

"哎呀，您知道得真清楚！"

"因为他名气很大嘛！"

在华商中间，新加坡席有仁的大名可谓无人不知，因为瑞和企业是南洋的大财阀。可是，像席有仁这样的大人物来到神户，为何陶展文却从未听人提及呢？身为中医，他与各阶层的中国人均有往来，并且也乐于听那些人闲聊。更何况，在他的朋友中还有消息灵通人士，只要是华侨界的事情，几乎都会告知于他。

如此说来，席有仁是微服出行到此。不过，没想到这幢大楼里的五兴公司竟是瑞和的代理店，这还是初次耳闻。五兴公司大约是半年前才在东南大楼里成立的，其社长与当地的中国人尚未熟稔。此次到底是席有仁本人有意隐瞒，还是五兴的社长对他前来神户一事秘不外宣呢？只怕多为后者。像席有仁那样的摇钱树，莫若独享。若是知道席有仁来了神户，那些商业同行只怕就会怀着野心刻意接近。陶展文在心里猜测，事实大概便是如此。在这个世界上，赚钱是最重要的。眼下，仅东南大楼里便有约五十家营利企业雇用数百员工，疯狂地追逐利益，实在蔚为壮观。坐在地下室的"桃源亭"里，陶展文时常会觉得头顶上的激烈营生仿佛正沉甸甸地朝自己压来。每当这时，他便觉得悠闲宽坐的自己好似神仙。说起来，妻子节子的确多次对他使用

"神仙"一词。节子所说的"神仙"似乎是指不会轻易被周围感染的人。如此说来,小岛那样的人在这里应该也有成为神仙的资格。至少,他目前正准备弹劾从事非法勾当的无良巨头的这种精神,便与这幢大楼的气氛格格不入。当然,若将地点换作法院或检察厅,或许小岛也会变得不再像神仙。

正值陶展文沉思之际,善先生性急地看着手表催促道:"快,再来一局。"

三、远方来客

二〇八号房间的五兴公司是一家小企业,包括社长在内只有七人。该房间在东南大楼内算是标准大小,但因人数少所以显得十分宽敞。其中三分之一的区域用屏风隔出,布置成会客室,摆放着淡绿色的沙发、现代艺术风格的桌子以及装饰柜。柜上摆着一个红色花瓶,里面的黄色菊花开得正盛。虽然天气并不寒冷,但按历法算已是十二月,房间里已经开始供暖。

五兴公司的李社长感到脸颊发热。事实上,此时根本无须供暖,仅靠从窗户照射进来的阳光便已足够温暖。一直端坐在桌子对面的席有仁稍微放松身体,靠在了沙发上。

"生意上的事就谈到这里吧!"远方来客说道。

"合约的内容都已明白,我会马上着手安排。承蒙您订了这么多货,委实感激不尽。"

席有仁心中不禁感慨,李社长为人文雅,颇有英国绅士风范,其优雅的言谈举止均显露出了他的良好教养。

席有仁本人如今已是货真价实的大富豪,无论走到哪里都会被视为第一流的人物。然而，他少年时代的生活极其贫苦，还曾在新加坡的码头做过苦力。在五十岁以前，他的生活一直处于连番不断的艰苦奋战之中。功成名就后，便被强行带入了绅士淑女的社交场合。这是近十余年的事。身处上流社会，他对心头涌起的违和之感很无奈。他并不认为最高级的西服和闪亮的皮鞋能够遮住自己的土气，而白丝绸手套也终究无法掩盖其粗大的手指。他很清楚自己身上散发着何种气息。

望着李社长的潇洒姿容和纤细白皙的手指，席有仁突然感到一种类似于羡慕的情绪掠过心头。不过，这种情绪转瞬即逝。被太阳晒黑的脸颊、纵横交错的皱纹、劳动者的粗壮手脚——他一直都认为这些是必须值得夸耀的。如今想来，曾经吃了上顿没下顿的生活是一笔多么难能可贵的财富，万万不可亵渎……这一信念绝对是正确的，但他偶尔也会莫名其妙地觉得，这是他为了驱走劣等感而强行穿在身上的堂皇盔甲。

他经常向《南洋日报》投寄随笔。虽是自学，但他的文章却饱含一种动人心弦的魄力。细心的读者应该随时都能在他的文章中，发现他对那些不知疾苦的人近乎敌意的态度。对待在自己公司里任职的、从小娇生惯养的少爷，他也格外严厉，甚至会当面说出侮辱对方的话。而此刻坐在他面前的五兴公司的李社长，原本正是那种能够轻易引燃其高涨的信念之火的类型，但面对他，席有仁的言辞却一直极尽谦逊。

"谈什么感谢，这尚不及您昔日万分之一的恩情，还请千万不要再说这样的话了。"

二十五年前，挽救其于灭亡边缘的正是当时刚从父亲手中接过上海兴祥隆银行董事长职位的青年银行家李源良。靠着兴祥隆银行提供的贷款，瑞和企业昂首挺胸地重新站了起来。年轻的董事长之所以决定援助瑞和，也可以说是为了在元老们面前明确树立自己的权威。但内幕怎样都无所谓，结果是明摆着的。倘若李源良当时没有从避暑地寄来批准书，恐怕便不会有今天的席有仁。席有仁曾发誓终生不忘李源良的恩德，即便他是那种最令人讨厌的地地道道的少爷。

刚刚签订的合同涉及金额达八十万英镑。若以2.5%的利润估算，五兴公司可以从这笔交易中获得两千万日元的利益。李源良似乎认为这是一种莫大的恩惠，显得无比感激。战争爆发、移迁重庆、战后银行倒闭——李源良已失去昔日的财富太久太久。看见恩人因两千万日元而流下感激的泪水，席有仁感到郁郁不乐。于是他转换话题，尽量不让事情往报恩抑或是恩宠上面纠缠。

"我那时收到您的来信，说要顺路来新加坡，我记得那是在战争即将爆发之前吧？"席有仁开口说道。

"没错。"五兴公司的社长闭上双眼，回忆着遥远的过去，静静答道，"那是一九三七年三月左右，我还记得很清楚。我当时人在欧洲，本来准备回国途中去趟新加坡。"

"那时我在您的帮助下重振事业，形势正慢慢开始好转，对您的到来翘首以盼，希望能让您一睹我重建后的事业。"

"实在太遗憾了。我在瑞士接到了从上海发来的电报，当时不得不火速出发赶赴美国。"

席有仁想起了李源良通知自己取消新加坡访问时寄来的明信片。那是一张印有夕阳映照下的阿尔卑斯雪山的美术明信片。虽已过了二十多年，但这段往事却一直深深地铭刻在他的脑海之中。

"我至今仍记得，收到明信片时是多么失望。为了隆重欢迎您，我当时做了不少准备，一直盼着您的到来。"

"是吗……那是从瑞士寄出的吧！我记得当时事出突然，就写了张明信片,上面是阿尔卑斯……"

"没错。"席有仁一边平复感慨的情绪,一边说道,"是阿尔卑斯,那是一张很漂亮的美术明信片。"

对当时的李源良而言,席有仁不过是他一时兴起挽救的一介商人,只是个无关紧要的人物。可是,李源良却还记得,甚至连明信片上的照片都不曾忘记。

"我到了美国后也出乎意料地大费周折。"

"我是那年六月去的上海,也就是发生'卢沟桥事变'一个月前。您当时还没回来呢!"

席有仁清晰地记得当时的情形,那是他一生中心怀感激最多的时期。甫一抵达上海,他便立刻奔向兴祥隆银行,连本带利地还清了贷款。纵然李源良对他恩义尚存,但形式上他已偿还得一干二净了。银行方面似乎没想到他会如此迅速地还清贷款,感到格外惊喜,还特意派人带他游览了整个上海。根本无暇好好游玩的他,唯有那时是满心愉悦地畅游了一番。

"我回国时,战争已经开始了。"说着,李社长的目光望向了窗户。

回想起来,自那次回国时起,他的运势便开始急转直下。一切都被卷入了战争的旋涡之中。李源良迁至重庆,兴祥隆银行也停止了上海的业务,沦为内地的地方钱庄。席有仁也曾从他人口中听闻此事,可当时的瑞和企业虽已脱离危机,但仍步履维艰,他也无能为力。席有仁成为名副其实的业界第一人还是战后的事,从某种意义上来说,他属于战后派。

战后,就在席有仁为扩大瑞和公司业务忙得不可开交时,香港的廖氏通知他,李源良去了日本。廖氏是瑞和创业时代的元老,当时已经隐退。他曾在香港照顾过李源良,眼见曾经的青年银行家破落至此,境遇凄凉，十分可怜。据说他当时极度害怕见到熟人。虽然贫穷绝非是寡廉鲜耻的事情，但那些娇生惯养的少爷却常常以没落为耻。李源良在日本有位朋友拥有一家塑料方面的工厂，当时邀请他过去负责出口部门，他便立刻乘船火速赶去。他一定以为在日本便不会遇见昔日的熟人，似乎只要没有人知道他的全盛时期，他就会觉得轻松。可怜的少爷啊……

说不定，自己如今只是坐在李源良面前，就已令他感到难以忍受的屈辱，只是为了那两千万才一直尽量忍耐——一念及此，席有仁的心情渐渐变得沮丧。

"那时在香港曾受到廖先生的多方关照。"

意外地，李源良的声音听起来很开朗，席有仁顿时松了口气。

"廖先生去年年底去世了。"他说道。

"是啊，我前些日子听到这个消息时大吃一惊，那么好的人竟然……"

"他可以说已享尽天年。"南洋的豪商说道，"几个儿子各自都事业有成，很了不起。"

"廖先生乐于助人，不只是我，很多人都曾受到他的关照。他在政府机关很吃得开，不管是诉讼也好，身份证也好，还有诸如我的出国手续，各种事情大家都要指望廖先生。有来自山东的厨师、从台湾偷渡过来的医生，还有我的秘书以及银行相关人员——仅我所知便有超过十人曾得到廖先生的帮助。"随后，二人转而谈起实业家之间的共通话题，对市场行情的预测、世界形势……

屏风对面的打字机发出如同机关枪般的声音，席有仁的目光透过窗户，望向初冬万里无云的天空。

谈话一时中断。五兴公司的社长犹如复习一般，开始逐一回顾到现在为止的重要场景……在避暑地批准决定救济瑞和的文件、瑞士的美术明信片、重庆的街道、战后的上海、凄惨的香港时代以及刚刚签订的八十万英镑的合同——这些便是他的一生。年过六十却走到如今这步田地，一切都是命运。而为了改变命运，他不也尽了自己最大的努力了吗？

"我明天陪您去奈良吧！或许会有些冷，但在日本，这个时节的气候还算不错的。"

"请别这么费心。"席有仁说道，"占用您的宝贵时间，我于心不安。"

二人用铁观音润了润喉，互相凝视，都看到了对方脸上的皱纹。

"人生如戏，一场波澜壮阔的戏。自打上了年纪，我常会这样想。"说着，已跨过七十岁门槛的南洋来客从沙发上站起身来。

"一场戏……是啊，没错。"

五兴公司的社长也紧随客人站了起来。

※

头等车厢里，乔玉眼睛一眨不眨地望着窗外。

马克实在看不下去，悄声说道："还没看够吗？别这样一直赖在窗边，简直像是从乡下来的土包子……"

乔玉挑起眉毛，目光炯炯地瞪视丈夫，摆出一副惯例的挑衅神情，开口说道："我反正就是土包子，没见过世面！"

再惹恼她，自己怕是难免吃亏，马克只好住口不语。他取出香烟，用打火机点上，随后将目光投向腿上的观光指南。

乔玉一直目不转睛地观察着丈夫的举动，然后她咧开嘴角，嘲讽道："你在看照片？为什么不看看窗外的实景呢？"

"行了，我知道了！"马克说道，"你继续看外面吧，爱看多久看多久。"

乔玉再次将目光移向窗外，略显不快地噘起了嘴。然而，过了不到五分钟，她那可爱的双唇之间便开始缓缓流淌出轻快的旋律。

四、诊 病

谨小慎微的患者往往令人疲于应对。"鸥庄"的徐铭义刚感到身体有点儿发冷，就马上给"桃源亭"打来了电话。

"现在是十二月，谁都会觉得冷的。"陶展文走进徐铭义公寓里的房间，放下皮包，随后继续说道，"还有，那绷带太碍眼了，能否先摘下来？"

徐铭义老人额上长了一粒仅比粉刺略大的疙瘩，他却小题大做地用绷带缠了起来。

患者无精打采地坐在床边说道："不只是发冷，从前些日子起，我就开始觉得恶心，浑身上下都直打哆嗦……莫不是长久以来过于勉强，日积月累，最近一气爆发了？"

"我看看。"说着，陶展文将转椅拖至苦恼的老人面前。

看着他的举动，老人的样子显得有些胆战心惊。徐铭义有洁癖，房间一向都收拾得极为整洁，哪怕仅仅挪动一个物件，也会令他感到明显的不安。

顺着朝西的窗户并排摆放着办公桌和书架，桌上只在靠左边的位置放有一个手提保险箱。若在平日，这里一尘不染，诸如便条之类的更是无处容身。但现在，桌上却大咧咧地摆着陶展文那可怕的皮包。这个无视场合的不速之客似乎已深深触痛老人的神经，而他则尽力装作视而不见。

衣柜和床贴着东侧墙壁，房间正中央摆着一个貌似小方桌的东西，那是某外贸商转让给他的打字机台座，两侧各放一张折叠椅，整齐地相对而立。在靠近门一侧的椅子后面，还放着一个很大的火盆。

陶展文刚才是拖着办公桌的专用转椅，绕过火盆，径直来到床前的。看着他那经由拳法锻炼出的魁梧身躯如此毛手毛脚，也难怪老人会在一瞬间露出近乎恐惧的神情。恐怕不仅是房间被搅得乱七八糟，老人觉得自己的神经也难于幸免。

当陶展文宽大的手掌接触到徐铭义的面颊时，老人终于放下心来，眼前这只手的确是医生的手。很快地，那只手便拿开了。

"只要摸摸额头，就能立刻知道是否发烧，可惜你头上缠着绷带，无法下手。虽然仅靠触摸脸颊难以得出准确的结论……"

接着，陶展文又检查了老人的双眼。

"你没生病。"他断言道。

"不，不可能。"老人呻吟般地说道，"我全身上下到处都疼，浑身没劲儿，说不出来究竟哪里出了问题。是生病了……肯定是生病了……"

"好吧！"陶展文打断了老人，继续说道，"那你把头低下。"

徐铭义低下了头。兼任中医的陶展文伸出胳膊，将手探入老人稀疏的头发中，挠了两三下，随后便开始观察残留在指甲缝中的头皮。过了片刻，他慢慢伸出舌头，凑近自己的指尖。

"嗯，你的健康状况的确有些问题，但并不要紧，只是乍感风寒，而且仅仅处于病菌潜伏期……什么？头疼？暖暖和和地睡一宿，很快就会好的。不必担心，我现在就开方子，到明天就会痊愈的。"

据传，中医里有一种秘法，便是通过品尝头皮的味道来诊病。陶展文在国内时也曾见过这样的医生。据说，为了保持舌尖的神通力，这类医生禁忌一切刺激性食物，至于烟酒更不待言。然而陶展文是个烟鬼，对所有烈酒又来者不拒。纵是食物，他也偏爱又麻又辣的。因此，他的舌头不可能拥有那种神奇的能力，可是他仍不时地会使用这一招。他会装作舔尝头皮的模样，而实际上并未舔到。但作为取信于患者的小把戏，这一招可以起到很好的心理疗效，尤其是针对徐铭义这样的患者。

"是这样啊，那就拜托你了。"

听到自己确实染病在身，徐铭义似乎终于松了口气。

陶展文再次拖动转椅，回到办公桌前。他必须要写处方。原本他并未打算成为医生，但在好奇心的驱使下，他开始研究本草，不知不觉间就变成了半个中医。他先是熟记医诗，接着研究大量处方，渐渐地，便开始回应殷切企盼的患者们的要求了。

所谓医诗，是指以诗的形式表述疾病的性状以及治疗对策，以易于初学者记忆。徐铭义的伤风实际上并无大碍，问题在于他的慢性胃病，头痛和恶心的原因皆在于此。

有医诗曰：

> 温温欲吐心下痛，
> 郁郁微烦胃气伤。
> 甘草硝黄调胃剂，
> 心烦腹胀热蒸良。

亦即是说，君药[1]为"甘草"。硝指"芒硝"，黄即"大黄"。先取"大黄"四钱，去皮后用清酒洗净，继而配以三钱"甘草"、两杯清水一同熬煮，而后滤掉渣滓，加入"芒硝"，再以文火加热服用。"芒硝"的分量以三钱左右为宜。

"给，只要喝下这剂药，立刻药到病除。"

徐铭义毕恭毕敬地接过了处方。

"别闷闷不乐的。"陶展文一边将钢笔插回胸前的口袋，一边说道，"不如下盘象棋吧！这个月你总是输，我已经赢了有二百日元了吧？怎么样，来场雪耻战？"

"今天不行。"老人答道。

"为什么？"

"因为没有棋子，想下也下不成。"

"没有棋子？这是怎么回事？"

"打翻墨水时，把棋子弄脏了。"

"原来只是墨水……多脏我都不介意。若是觉得影响心情，用消字水擦掉不就行了？"

"墨水已经渗入木中，用消字水也无济于事。"

老人摇摇晃晃地来到折叠椅前，一屁股坐了下去。

"那太可惜了。"陶展文说道。

"棋子脏了也没心情去碰了。"徐铭义一副可怜相地说道，"上次我托南京街[2]的刘先生帮我买副象牙棋子，他明天大概就能带来。"

徐铭义的洁癖实在太严重了。只是下一盘棋而已，用脏掉的棋子又有何不可？不知为何，陶展文此刻变得无比渴望下一盘象棋。

---

[1] 君药：药方中对主要症状起主要治疗作用的药物。
[2] 南京街：神户市中央区的唐人街。

"能否将就一下,就用染上墨水的棋子下一盘?只下一盘总可以吧?输赢不记账也行啊!"

"没办法。"徐铭义摆了摆手,"那副棋子已经送给朱汉生了。"

"什么?被朱汉生拿走了?"陶展文不禁大失所望。

徐铭义的中国象棋的棋子虽为木质,却是上等货色。只因染上一点点墨水,就被朱汉生不费吹灰之力地骗到了手,而新棋子要明天才能送到。看来,现在只能去找朱汉生一解棋瘾了——想到这里,陶展文便站了起来。

"不是二百日元。"徐铭义突然说道,"我应该输给你三百日元了,不信我拿给你看。"

"不用,不用。"

可是,徐铭义依然颤颤巍巍地站起身来,将手探入红色套衫的口袋。

陶展文曾建议老人穿红色的衣服,说这样有益健康。一个独居的忧郁老人,他觉得还是稍微打扮得艳丽点儿好些。徐铭义在自己的房间里时,一直忠实地遵从着陶展文的建议。此刻,他从这件红色套衫的口袋里取出了一串钥匙。

徐铭义打开桌上的手提保险箱,里面放着三本黑皮出纳簿,封面上分别写有"壹""贰""杂"三个白字。徐铭义取出写着"杂"的账簿,翻了开来。

"我记的果然没错。十二月以来我们下了七盘,你赢了五盘,我赢了两盘,到现在我已经输了三百日元。"

徐铭义将那一页摊给陶展文看,上面一笔一画地记录着输赢情况。真是位一丝不苟的老人。

"我知道啦!"陶展文点了点头。

徐铭义仔细地将保险箱内部整理妥当,小心地合上了箱盖。

"这个世界真是越来越可恨了。"徐铭义一边上锁,一边说道,"有人竟然说要杀我,要杀我这个病得骨瘦如柴的无辜老人。"

倘若继续留在这里,势必要听老人唠叨足足一个小时。若在平日,陶展文早已不管三七二十一地迅速逃之夭夭。然而前几天他刚从小岛那里听闻徐铭义与吉田庄造之间的关系,虽然他并无心刺探这位与自己同为中国人、又是个可怜患者的老人,但陶展文的好奇心异常强烈,他心下想,或许能打听出些什么。于是,本来已经站起来的身体又重新坐回了转椅之中。

"你就听我说说吧!"老人说道,"之前有人向我借钱,还是跪下来求我的,可如今不要说还钱,他甚至扬言要杀了我,你怎么看?"

徐铭义一直在放高利贷,有时难免遭人记恨。所谓的"杀了你",不过是那些自暴自弃之人的陈词滥调,根本不值得大惊小怪。

"是真的,那人还给我写了封信,我拿给你看。"

老人打开办公桌右侧的第一个抽屉,里面放有一个装信的文件夹。他取出文件夹,放在桌上翻看起来。

陶展文也飞快地瞥了几眼。

会不会有吉田庄造的信呢?徐铭义用微微颤抖的手翻动纸张,但其中似乎大多是政府机关的通知及不动产登记的相关文件。陶展文的眼部神经立马松懈下来,自己这种好像偷腥猫儿的眼神实在可笑。像吉田那样的大人物,想来也不可能用能当作证据留下的文件形式与徐铭义联络。

"找到了。"

徐铭义将文件夹递给陶展文。虽然兴致寥寥,他也只有粗略地浏览一遍。不出所料,字里行间都是些表达怨恨和痛苦的语句,结尾部分也的确出现了几句威胁的话,但语气并不强硬,更像是战战兢兢地写出来的——就算我完了，也要拉你当垫背……之类的。

"仅就此信来看，对方是做不出杀人这种事的。放心吧！"

"你不知道，那人非常狂暴，说不定真会杀了我呢！他好像是挪用了公司资金，为了填补漏洞才向我借钱。唉，当初不借给他就好了……"

"只是威胁而已。"陶展文断言道。

"是这样吗？"老人有些怀疑。

"老爷子，你只关注世界的阴暗面，有点过头了。这个世界并非只有那些令人讨厌的事。既然有威胁要杀你的人，就肯定有帮助你的人。你算一算，包括养育你的双亲在内，至今已有多少人对你好过？用两只手肯定数不过来吧？"

陶展文凝视着对方的眼睛，口中循循善诱，宛如一位运用暗示疗法的医生。

似乎有些效果了。老人微微点点头，貌似有了新的认识。

"的确如此……你就是其中之一，此外还有好多人——朱汉生也可以算一个，还有那些已经淡忘的昔日友人……对了，不久前我意外地遇见了一个人，是我以前工作的上海银行里的大人物，说是几年前就来日本了，真令人怀念啊……对了，他还开了家店，和你在同一幢大楼里，没错，就是东南大楼……"

"东南大楼？如此说来，是五兴公司喽？"

"哦？你知道？"

"我只知道店名。自半年前五兴公司挂牌营业时起，我就开始留意，因为都是中国人。虽然时常会在走廊里遇见店主，但对方好像并不知道我是中国人，至今连招呼都未打过。"

"他住在山本大街，还叫我去玩……在上海时承蒙他多方关照，如今他好像是孑然一身。"

"和你境遇相同啊!"

"这些倒无所谓,总之很令人怀念。我应该过去坐坐……"

"五兴公司现在来了一位重要的客人,是个很有钱的客户,说是南洋的席有仁……"

"席有仁!"听到这个名字,徐铭义不禁叫出声来,"瑞和的席先生?他也很令人怀念啊!"

"你认识席有仁?"

"岂止认识。他以前陷入困境时,是我们银行帮助了他。他确实是个了不起的人物,不到两年就来将贷款全部还清了。当时我还给席先生做向导,带他把整个上海都游玩了一番。"

"这可真是巧啊!你竟然认识席有仁,实在厉害。"

"席先生已经成为真正的大人物了……对了,现在席先生住在李先生家吗?"

"你所说的李先生就是五兴公司的社长吧?我不太清楚。像席有仁那样的大富豪,想必会住在某个大酒店里。他应该会经常去五兴,你若想见他,只要联系五兴就可以了。"

"这样啊——席有仁……"徐铭义像个小女孩一般神情陶醉地嘀咕了片刻,然后回过神来,继续说道,"我要去见他。我想,无论他如何飞黄腾达,都不会忘了我的。毕竟在上海时,是我每天带他四处游玩的。"

"他如今是举世闻名的大富豪,甚至有人说过,总有一天,天下的财富都会被席有仁尽数收入囊中。你若去见他,总能得到些零用钱的。"

"胡说!"徐铭义急忙否认,随后陷入沉思,片刻之后才说道:"我可没有那么卑鄙的念头……不过,或许我的确得请他帮个小忙……"

"只要席有仁稍微动动小指头,你的伤风什么的很轻易就能痊愈。

还是去见见他为好。"

"我最近,嗯,工作上……那个,不太顺利……同伴洗手不干了……唉,这些事对你说也没用……"

徐铭义虽然言辞含糊,陶展文的眼中却在瞬间闪过一道光芒。

五、观　光

马克·顾夫妇下榻京都旅馆,将京都和奈良的名胜古迹大致玩了个遍,观光指南上的主要项目几乎都已被画上了红色圆圈。

"竟然要在去过的地方画上红色圆圈,简直像是为了完成任务一样。"马克开玩笑地说道。

"万一有漏掉的地方岂不可惜?"乔玉答道。

清晨的旅馆,二人刚刚洗完脸。

"对了,刚才那件事……"马克说道,"今天做什么?你陪我一起去吗?那人非常有趣,你肯定也会喜欢他的。"

乔玉想了想。马克大学时代有一个同级的日本人,目前正在大阪担任大学教师,两人志趣相投,马克非常想去见见他。但这一路旅途下来,乔玉此时已开始感到疲乏。而且要去见素不相识的陌生男人,她委实不大情愿。然而她又想到在东京因为自己的私事,一直拉着丈夫马不停蹄地东奔西走,倘若自己此刻拒绝,实在是太过自私。

"好,我陪你去。"她说道。

"是吗?那太好了!"没想到如此轻易便说服了妻子,马克显得十分高兴。

"但你明天要陪我去神户。"

"那当然了。"马克说道。

乔玉伸手拿起放在梳妆台上的笔记本,一边翻看,一边说:"看来还需要一本。"

马克向笔记本里瞥了几眼,不禁露出苦笑。乔玉是一位勇敢的女性,一旦有不懂的地方,便会毫不畏惧地向人询问。倘若用英语无法交流,她就会立刻请求进行笔谈。笔记本里所记录的便是笔谈的内容。

"你还真问了不少问题啊!"马克说道。

"也有很多牛头不对马嘴的问答。现在回头看看,有些实在叫人忍俊不禁。这本笔记本真可算是这次日本旅行最好的纪念品了。"

"不过真是厉害啊,无论如何最后意思都能相通,同文同种[1]的语言还真是……"

"笔谈也是有窍门的,我想我已经大概掌握基本的窍门了。写些浅显易懂的语句是不行的,要尽量使用艰涩的文言文。"

例如,当询问热闹场所的所在时,如果用连小孩子也能看懂的浅显语句写下"热闹的地方在哪儿?"日本人是不会明白的。

相反,如果用繁体写下"繁華街何處?"这样的艰涩语句,即便是日本的小学生也能看懂,很是奇妙。

乔玉一页页地翻看着笔记本,脑海中浮现出一个又一个场景……在东京、在日光、在箱根……她轻轻地叹了口气。看来旅途的确让她有些疲惫了,因为她几乎从不叹气。

"今天天气真好。"

---

[1] 同文同种:此处指中日语言中汉字相通之处。

马克用毛巾擦着脸,目光望向窗外。房屋顶上铺着一排排旧瓦,起伏有致,而冬日清晨的阳光此时正明晃晃地倾泻其上。

※

翌日,临近上午时马克夫妇抵达了神户,先在山手的旅馆安顿了下来。

然而真正"安顿"下来的只有马克,乔玉则立刻抓起电话,无数次地拨打同一个号码,却始终未能接通。

"拨不通啊!"她声音焦躁地说着,又再次拨动号码盘——仍旧无人接听。

"你拨多少次都不会通的,那是办公室的号码,今天可是星期天。"马克从旁开口说道。

但乔玉仍然不死心地又拨了数次,最后终于彻底放弃。

"整天玩,连今天是星期天都忘记了,早知如此,问清住址或是电话号码就好了。"

"那可不好打听。我们在东京好不容易才打听到大楼的名字,电话号码也是到了这边才查出来的。"

"那倒也是。"乔玉失落地说道。

"没办法,今天就算了,找个地方去玩玩吧!"

"神户有海又有山,去哪儿呢?"

"去山里吧!"马克说,"你看窗外,绿得真叫人心醉。"

"去海边更好。"乔玉说道。

马克顿时一屁股坐在沙发上,一脸腻味。看着他那副可怜的模样,乔玉似乎也有所反省。

"好吧，去山里也行。"她说道。

"还是用扑克牌来决定吧！"

这是最公平的办法。乔玉抽到的是梅花3，马克则是红桃7，因此最终决定去山里。找旅馆经理打听，经理向他们推荐了六甲山。于是，二人租了一辆计程车，便朝着六甲山出发了。

然而六甲山上正嗖嗖地刮着刺骨的北风。

"景色多美啊，神户和大阪都尽收眼底。"马克竖起衣领，扬声说道。

可是，他的妻子并不欣赏这绝美的景色，甚至无意从车中出来。

"早知就去海边了。"

"来都来了，还说这些干什么！"

"在这种刮着寒风的地方，哪来什么好景色！"

"去海边肯定也冷，那里的风或许更刺骨呢？"

"怎么可能。"乔玉冷冰冰地说道，"山高所以才气温低，海边就不会。连小学生都知道。"

马克身体晃了晃，此刻他已兴致全无，脸上满是不快。虽然这类口角时有发生，但至今他仍未习惯。按照以往的惯例，二人必然会很快重归于好。不过，气愤到达极点，他也会一时意气地发誓再也不和乔玉说话。

二人下了山。

回到旅馆后，这对夫妇依然如仇人般缄口无语，默默地吃完晚饭。

"要不要去转转夜晚的街道？"

一如既往，还是男人率先作出了让步。

"不去。"乔玉面朝墙壁说道。

"那我一个人去！"

丈夫恼怒地跑出了房间，而怄气的妻子则倒进沙发，翻开了袖珍手册。

然而她的注意力并不在其中的文字上。最好的证据就是，过了十五分钟，手册依然还停留在最初的那一页。

十五分钟后，电话铃响了。

听筒里传出丈夫朋友的声音，也就是今早刚刚分别的驹沢氏。对方突然休假，便决定回奈良的老家待一段时间。刚好村里要举行祭礼，便打电话邀请夫妇二人一同前往。

"今天本来应该在神户处理的事情尚未办妥，因为是星期天，所以没能见到要见的人。"

乔玉一边说，一边计算着天数。时间尚有富余，虽然打算去东京为伯父的遗骨再上炷香，但有半天便足够。除此之外再无他事。想来日本乡村的祭礼肯定会十分有趣，神户的事情等看完祭礼再办也不迟，反正只是打听一些事情，并不需要太多时间。对方本来应该就很忙，兼之时近年末，占用别人太多时间也会显得失礼。既然如此，将多余的时间用来参观乡村祭礼倒也不错。正如丈夫所言，驹沢氏是一个十分有趣的人，丈夫也不知何时才能再与他相见。虽然他刚才独自出门，将自己孤零零地丢在房内，但那只是出于一时气愤，他的本性还是极为善良的。倘若得知能够再次见到驹沢，他一定会非常开心。马克的快乐不也正是自己的快乐吗？

"马克现在不在，但我想他一定会很开心的。我先代他答应……请带我们一起去吧！好的……九点半，国铁月台。"

等马克回来，就立刻和他重归于好。今天自己有些过于固执了……乔玉一边想，一边放下听筒。

等坐回沙发上时，她已完全变成了一个温柔的妻子。

六、爱打扮的男人

市议员吉田庄造正在阅读东京头目的来信。他的眼睛虽然混浊不堪,但背后却藏有一台精巧无比的计算器,能当场衡量出利害得失。事实上,他在地方政界中是出了名的谋士。眼下,侄子田村良作正盘坐在他的面前。

吉田一边叠起读完的信,一边说道:"从南洋来了一位叫席有仁的著名实业家。东京的小畑先生为我写了介绍信,我这就去酒店见他。方才已经打去电话联系,他上午会一直待在酒店里。"

"我也一起去吗?"田村问道。

"你不用来。"吉田说道,"反正今天是初次见面,不过是礼节性的拜访而已,不可能谈到具体事宜。据说东南大楼里有一家席有仁的代理店,即便谈了大概也会让我们同那家店协商吧!"

"既然如此,请允许我去趟大阪。前不久大阪的朋友叫我过去,但一直没时间……"

"徐铭义的事怎么办?别忘了还有些没处理的,最好先收拾干净。"

"是，今晚就能了结。"田村说道。

"那就好。"吉田庄造起身拉开了玻璃门。清晨的阳光倾洒在异常整洁的庭院之中，令人感到神清气爽。

"下个星期天应该叫园艺师过来了。"吉田望着墙边一排松树的枝丫说道。

田村也绕到叔父身旁，同样向庭院望去。朝阳映照下的绿意，他已有很久没见过这样的景色了。

田村走出叔父家的大门。他穿着一件敞开的大衣，里面是华丽的条纹西服。今天天气虽好，风却很大。他伸手遮头。但头发被他用发蜡仔细固定过，些许小风根本无可奈何。于是，遮在头上的手转而又摸了摸脸颊。或许是因为如今的生活充满活力，相较于毫无规律的东京时期而言，他感觉自己的皮肤变得更具弹性了。与在公司里枯燥无味的工作相比，他更喜欢如今这份所谓有价值的工作。

真正的冬天尚未到来，但因为有风，还是相当的冷。田村上下活动肩膀，借以驱赶寒冷。

事情变得有趣起来了——他在心中嘀咕道。可是，他很快便发现，事态并非只是有趣。就在他停下脚步要叫计程车时，一只手从后面拍了拍他的肩膀。

田村转过头，只见娇小的白沢绢子双手插在驼色大衣的口袋里，身体略向后仰，正站在自己身后。

"啊，绢子……"

"你别想避开我。"

田村脸上浮现出沮丧的神情，说道："我不是要避开，你这样误解令我很难过……叔父说有急事叫我过来我才……"

"那你要在神户待到什么时候？"

"这就不知道了。"

"好,那我也待到你办完事为止。"

"我真的不知道需要多久!拜托,别像小孩子一样故意捣乱好不好!"

"故意捣乱?!"绢子的目光霎时严厉起来。

"总之我很忙,现在还必须马上去趟大阪。"

"是吗?好啊,那我就在'港口公寓'等你。"

田村不禁暗自咋舌。绢子连他的住处都已经知道了。

"把钥匙给我。"绢子伸出手去。

"我有急事!"田村的声音变得粗暴起来。

绢子嗤笑道:"所以才让你把钥匙给我啊!"

"你烦不烦!"田村的怒火爆发了。

"别那么大声,别人都在回头看你呢!"

"闭嘴!老女人!"

白沢绢子的确已年过三十,但她不仅化妆技术出众,而且为了防止容颜衰老,可谓异常小心。她有这个自信。虽然田村刚刚说出的这句话是对女性的最大侮辱,但这只能说明他已被气得发疯。绢子很清楚这一点,因此显得极为平静。

"好啊,我不说了。"她静静地说道,"我也不要公寓的钥匙了,去你叔父那里不就行了?那边门牌上写着'吉田庄造'的就是吧?"

"哼哼!"田村嗤鼻,"对于来历不明的家伙,叔父一向会将其扫地出门。"

"我带着你的借据去不就行了?那可是很好的身份证明呢!"

田村顿时心慌意乱:"等等,现在不行,不能让叔父知道借据的事……"

"但我希望你能还钱,早已超过期限了。"

二人的交往建立在色与欲的双重基础之上,但色暂且不提,在金钱方面绢子是异常精打细算的。她让田村写了一张借据，白纸黑字清清楚楚。自从来到叔父这里，田村一直将自己伪装成一个值得信赖的诚实人。此次之所以能够被委以重任，多半也是因为伪装成功的缘故。当此关头，倘若这张借据突然出现，无论如何都是很麻烦的。

"我一定会还钱的！"田村说道。

"什么时候还？你这句话我早已听过无数遍了。"

"这次是真的。"田村用力地说道，"我已在叔父手下开始新的工作，这份工作很有前途，借你的那点儿钱轻易就能还清。这次是真的！"

田村从上衣里面的口袋里摸出钥匙，交给绢子，"钥匙交给你保管，这次可以相信我。"

绢子接过钥匙摆弄起来，随后说道："方便给我吗？"

"我有备用钥匙。"

"那就暂时由我保管吧！"她将钥匙扔进手提包里。

"区区五十万而已，小事儿！"田村满怀信心地说道。

"这里让我找得好苦啊！"绢子恶作剧般地含笑说道，"说是你的叔父，所以我就按照田村的姓氏去打听，大费周折后却一无所获。后来去泡温泉时我突然想到，你以前曾经说过，你的叔父和前首相[1]同姓。这可是我泡在温泉里想起来的，看来泡温泉对头脑很有好处呢。"

田村用手正了正领结，挺直腰板，对绢子说道："那我走了。"

"慢走不送。"绢子殷勤过度的语气摆明是赤裸裸的揶揄。

---

[1] 此处指吉田茂。

七、陶家的星期日

　　星期日清晨，陶展文一如既往地在庭院里练习拳法，对手是他的弟子小岛和彦。二人上身赤裸，下身穿着类似线裤的藏蓝色裤子。练拳时，二人的手脚动作迅速有力，丝毫不觉寒冷，反而渐渐发热，小岛甚至感到肩头热气蒸腾。当用干毛巾擦掉汗水时，那感觉令人爽快不已，连喝下的茶水也备感醇香。

　　练习完毕，小岛迅速将上衣套在身上。他的修行还不够，若是赤裸着上身休息，不久就会起鸡皮疙瘩。而师父陶展文却那样赤裸着溜达了好一阵子，像是要炫耀身上隆起的肌肉一般。

　　"老实说，前几天听你谈起吉田和徐铭义的事时，我还觉得不可思议。"陶展文像是突然想起了此事般地说道，"不过，仔细想想，徐铭义的确是最佳人选。那个老人一向守口如瓶，恐怕没人比他更适合傀儡角色了。你若是想从他口中打探出什么消息，只怕比登天还难。"

　　"无论多难，我都要去做。"小岛说道，"就算无法从老人那里问出什么，我也会考虑其他办法。"

　　"要适可而止啊。"

"请您不要误会。"年轻的报刊记者又道,"徐铭义是老师的病人,我不会把他怎么样的。我的目标是吉田庄造,并无意给徐先生添麻烦。"

"我知道,我也并非对你所做的事有任何微词。"

"既然如此,您能不能稍微介绍一下徐先生,比如他的性格、人品之类的。"

"好吧!"说着,陶展文思考起来。几分钟后,他开口说道:"首先,那老爷子认真仔细得可谓天下无双。无论什么东西,不收拾整齐就绝不罢休。他的这种生理上的特性迫使他一定要确保事情明明白白,所以,他是不会骗取他人钱财的。在这一点上,吉田的慧眼值得佩服。第二,没人比他更谨慎。前不久我去给他看病时,见他头上缠着厚厚的绷带,还以为他的头部受到了致命重伤。我问他怎么回事,他说额上长了疙瘩。我还以为是恶性肿瘤,就叫他拆下绷带,结果什么事也没有,只是普通的小疙瘩,就算贴个创可贴都嫌浪费,可他还是不听,就是不肯取下绷带。小心至此的人真可谓稀罕之极!只不过打个喷嚏,就马上打电话叫我去他家,由此可想而知……总之,吉田当初发现他如此谨慎的性格时,定是惊为天人。不是打击你,与他相比你只怕望尘莫及。"

"我会尽全力去做的,即便对方是个怪物……"

"人们都说徐铭义是个吝啬鬼。"陶展文继续说道,"但要我说,大家的评价太过流于表面。大家都说他明明那么有钱却住在公寓里,对他说长道短,但都不对。我们必须考虑到他是单身,如果有了自己的房子,反倒麻烦。想想看,他是那种不整理彻底就睡不着觉的人,如今他所住公寓有两个房间,对他而言大小已是极限。若是让他住进大别墅,为了整理房间,恐怕他从早到晚都只能可怜地爬来爬去。总之,说他是吝啬鬼的传闻言过其实,我建议你在听取时不可尽信。此外,他对于自己拥有的物件方面可谓极尽奢侈,连象棋棋子都要象牙的……好,这些情况够了吧?"

"谢谢。"小岛谢道。

小岛在陶家吃了午饭。晌午,健次来到陶家,提议打麻将。陶展文对围棋和象棋(包括中国式和日本式)非常着迷,却不喜欢麻将。他对胜负被不合理的"运气"所左右的比赛机制十分不满,故而冷淡地拒绝了健次的邀请。

算上小岛和健次的姑妈,还缺一人。虽然陶展文的女儿羽容也会打麻将,但她去YMCA[1]参加排球比赛了。因此被陶展文冷淡地拒绝后,健次顿时变得垂头丧气。

"打电话叫个人来吧!"小岛提议。

"对,叫谁好呢……叫朱先生来怎么样?"健次说道。

"要是朱汉生来,我就和他下象棋。"陶展文故意刁难道。

健次打去电话,朱汉生并不在家。然而,不到五分钟,朱汉生便出现在了陶家。

"来得倒快,不过……"陶展文目不转睛地盯着刚来的客人,审视他的着装,说道,"你这身打扮简直太糟糕了。你夫人在时,你的穿着还算正常,怎么她一走你就变成了这副模样?"

"我的衣服哪儿不好了?"朱汉生挺胸腆肚地反驳道。

"简直一无是处。首先,完全看不到裤线;还有,口袋松松垮垮的倒也罢了,裤子膝盖位置还鼓起那么高,实在叫人难以容忍。"

"衣服最大的功能是保暖,我的这身西服就很好地发挥了这一功能。"朱汉生理直气壮地说道。

"朱先生,打麻将,打麻将!"健次从旁催促道。

朱汉生在麻将桌前坐了下来。他今年四十六岁,比陶展文小四岁。

---

[1] YMCA:基督教青年会,英文为Young Men's Christian Association。

二人看起来都比实际年龄年轻。陶展文凭借的是修习拳法所养成的红润脸色,朱汉生依靠的则是天生的懒散性格和一张娃娃脸。

"你夫人什么时候回来?"陶展文的妻子节子问道。

朱汉生的妻子如今人在香港。

"不知道。"朱汉生干脆地答道,仿佛此事与己无关。

"你们玩儿麻将吧,我自己去二楼摆棋谱。"刚走到门前,陶展文像是突然想到了什么,唤道:"小岛君,过来一下。"小岛来到他身旁,陶展文小声说道:"关于徐铭义和吉田,这两人最近似已不再合作,吉田可能已将钱款收回。"

"您怎么知道?"小岛问道。

"我可没有暗中刺探,只是有这种感觉。"说完,他便走出了客厅。

八、深夜造访

五点左右，徐铭义打来电话。

"我听不清你在说什么，怎么了？"陶展文大声说道，"什么？你戴着口罩？开什么玩笑，你是在屋里打电话吧？"

"你说什么……原来如此，放电话的房间里没有火盆啊，但你也大可不必如此小心啊！到底有什么事？"

挂断电话后，陶展文走下二楼。客厅里的麻将大战仍在继续。节子应该是去厨房准备晚饭了，取而代之的是从YMCA回来的羽容。

"汉生，今晚要不要去徐铭义那儿？"陶展文说道。

"老爷子那儿？去不去呢……你去那儿是不是有什么事啊？"

"他伤风加重，叫我过去。"

"呵呵，老爷子又病了啊？"

"反正又是小题大做。我打算顺便去下下象棋，那位老兄好像买了副新的象牙棋子。"

"那就去吧！"朱汉生扔出一张牌，口中说道，"我应该输给老爷子不少钱了，得去报仇。啊，碰！"

"你都打了好几个小时的麻将了,晚上最好改下象棋。还有,虽说你夫人外出,你可以随随便便地,但这条裤子一定要换。这是忠告,别怪我多管闲事。"

晚饭后,陶展文和朱汉生造访了"鸥庄"。"鸥庄"位于穴门商店街附近的巷子里,朱汉生经营的外贸公司——安记公司也离此不远。

"你能否小跑回去换条裤子?我在门口等你。"陶展文对那条裤子格外执着。

可是,懒散的朱汉生根本不听取他的意见:"反正又不是去参加宴会。"

徐铭义住在"鸥庄"的五号房间,房间里的两个屋子前后相通。里屋摆放着床和办公桌,那里是徐铭义真正意义上的生活据点。因此,从走廊打开房门进入外屋时,徐铭义的生活气息还十分淡薄。外屋也放有桌椅,但只是摆摆样子。另外,桌上还有电话。徐铭义将这里称作"客厅",但除电话外,其他东西几乎从未使用过。靠墙一边是厨房和卫生间,用浅黄色的窗帘与所谓的"客厅"隔开。虽说是厨房,但徐铭义最多只会在沏茶时使用。因为公寓隔壁便是大众食堂,附近也有很多餐饮店,对单身人士而言,生活方面十分便利。

徐铭义来到门口迎接,仿佛终于获救一般,开口说道:"你总算来了!"他依然戴着口罩,只是说话时稍稍掀起。

"天哪,还戴着口罩。"

陶展文目瞪口呆。方才听不清电话的原因也在于此。

走进里屋,徐铭义摘下了口罩。因为这间屋里有火盆,便不用戴口罩了。

"难道你每次去隔壁房间都要戴口罩?"陶展文问道。

"是啊。"老人点了点头,似乎觉得理所当然。

"唉！"

"我身体的每个部位都在变差，看来大限已至。我觉得好像又伤风了，昨天中午回来就一直睡，今天一整天都不曾出门。"

"只是伤风而已，别那么愁眉不展。"闲人朱汉生毫无同情心，声音洪亮地说道。

"我希望能尽快治好，我必须去见席有仁先生。"

"哦？你还没见那个有钱人？"陶展文说道。

"其实，我昨天去过五兴，见到了李先生，但席先生没去，听说他很忙。于是，我就拜托李先生帮忙联系。今早李先生大驾光临，告诉我确切时间虽未确定，但明后天应该就能见到席先生。想来像席先生那样的大人物，日程早已排得满满当当的了吧！"

"那是自然。"陶展文说道，"来，我给你诊断一下吧……话说，你怎么还没拆掉绷带呢？"

"怎么也得再过两三天吧！"

陶展文不禁缩了缩脖子。

"是伤风，还是潜伏期，病菌潜伏期而已，并无大碍。"陶展文舔尝头皮后宣布道。

"可以下象棋吧？"朱汉生从旁插嘴问道。

"没问题。"陶展文打包票道。

火盆里的木炭堆成了一座小山，燃得正旺。陶展文觉得太热，便脱去上衣，放在办公桌上。朱汉生也学他脱掉大衣和皱巴巴的上衣，搁到桌上。徐铭义却丝毫无意脱掉红色套衫。他双手捧起客人放在桌上的衣服，向衣柜走去。陶展文帮他打开了衣柜门——他的洁癖让他无法容忍上衣和大衣堆在桌上。

"哦，这棋子真不错！"看见象牙棋子，朱汉生满口赞叹。

中国象棋的棋子是圆的，通过颜色来区别对阵双方。一方是红字，一方是黑字。有些棋子上的字是凸出来的，不过这副象牙棋子的字是凹进去的。除颜色外，对阵双方的字也有所不同。在中国象棋中，相当于日本将棋的"王将"的红方棋子是"帅"，黑方棋子是"将"；相当于"步"的红方棋子是"兵"，黑方棋子是"卒"。不过，无论红黑，"炮"等棋子的字都是一样的。

对阵双方隔着"河界"开启战事，首先陶展文向徐铭义发起了挑战。不同于日本将棋，在中国象棋中，被吃掉的棋子不可再用。因此，棋盘会逐渐变得空荡荡的。

"啊，被将死了！"陶展文摇了摇头，口中发出无比懊悔的呻吟声。

中国象棋的"帅"和"将"不能走出指定区域，因此只能死在自己的城内，而无法像日本将棋的"王将"一样率先杀入敌阵，壮烈赴死。由于存在"炮"这种危险的飞行武器，有时乍一看似乎战局平稳，实则在纵横方向上已被牢牢控制。徐铭义是一位高明的棋士，尤其擅长用"炮"。"炮"无法吃掉面前的敌方棋子，必须在同一直线上隔着另一个无论敌我的棋子，才能吃掉该子对面的敌人。

"老爷子的'炮'实在厉害，我甘拜下风。"

陶展文连输两盘后下场，换朱汉生挑战。朱汉生是绝无仅有的快棋手，摆棋子的手法虽然粗糙，棋力却并不弱。可是，他也连输了两盘。

"你今天是怎么回事？强得不可理喻，竟然四连胜了！"陶展文说道。

徐铭义装模作样地说道："这个问题该问你们自己。"

"再来一盘！"朱汉生开始粗暴地摆起棋子。

战火再燃，但没下几个来回，门外响起了敲门声。连通卧室和客厅的门一直是半开着的。徐铭义不慌不忙地戴上口罩，向客厅走去。

"啊，是李先生！"徐铭义打开房门，见到来客的模样后，高兴地说道，"快进来！屋里还有两个客人，都是中国人，是我的朋友。"

新来的客人是五兴公司的社长。

徐铭义摘下口罩,照例介绍起来,随后便是初次见面的寒暄。但严格来说,陶展文和五兴公司的社长并非初次见面。对方见到陶展文,脸上也露出了疑惑的神情。

"我在东南大楼的地下室里开餐馆。"陶展文说道。

对方终于露出恍然大悟的表情,说道:"怪不得我觉得在哪儿见过你。"

这时,朱汉生又坐到了充当桌子的打字机台座旁边,陶展文连忙拽了拽他的衣袖,催促道:"来客人了,我们走吧!"

"不走。"朱汉生一口拒绝,"这一盘才刚开始,这次我占优势,而且时间还早,下完再走。"

说着,他看了看手表。遗憾的是,表针早已停止转动。朱汉生是一个彻头彻尾的懒汉,也不知戴着这块罢工的手表多少天了。

五兴公司的社长在转椅上坐下,扬手说道:"我没什么要事,请继续下吧,也请允许我在旁观战。"

朱汉生人虽懒散,头脑却很灵活。他从对方扬起的手腕上窥到了准确时间,立马校正好自己的手表,并拧紧发条。

"那我去叫咖啡。"说着,徐铭义站起身,戴上了口罩。

"不用麻烦。"客人开口劝阻,徐铭义还是来到客厅,拨通了电话:"一杯咖啡……嗯?听不见?咖啡……一杯,一杯就行。"

然后,他走进厨房,取出咖啡杯和托盘摆在桌上,随后便不慌不忙地回到卧室,摘下了口罩。

"又戴又摘的,你还真忙啊!"陶展文说道,"打电话时还是摘下来好些吧?你只把口罩稍稍掀起,实在很难听清。"

这一盘的胜者是朱汉生。有客来访,徐铭义变得有点心急,不似平时那般冷静了。

"好了,我们走吧!"朱汉生说道,"记账吧,输赢相抵,我今天输你一百日元。"

徐铭义打开手提保险箱,取出写有"杂"的账簿,将账目记了下来。

最后一战似乎令朱汉生异常开心,他猛地从椅子上站起来,却不想动作过快,膝盖狠狠地撞上了打字机台座,导致棋盘剧烈晃动,差不多一半的棋子都掉在了地上。朱汉生连忙拾起掉落的棋子。幸好距离火盆较远,象牙棋子才得以安然无恙。

"你这个冒失鬼。"陶展文从旁责备道。

"我只是一不留神。"朱汉生一边将棋子收入银制的小盒,一边说道。

正当陶展文二人取回衣服准备离开时,"白宫"咖啡馆的女招待捧着珐琅容器走了进来,将咖啡倒入事先准备好的杯子中。如此一来,既省去了回收杯子的麻烦,又很卫生。而费用则在月底结算。

下象棋是一件令人纠结的事。因为有客来访,陶展文二人意犹未尽地离开了徐铭义的房间。而平时,徐铭义是鲜有客人的。不管怎么说,二人都带着未尽兴的心情来到了东亚大街。

"刚过八点。"陶展文先开口道。自然,这是抛砖引玉之言。

"去我那里继续下?"朱汉生说道。

"这个……"陶展文嘴上含糊,二人的脚步却不由自主地迈向朱汉生的"安记公司"。

战场移至"安记公司"的事务所。二人分坐棋盘两侧,展开了激烈的厮杀。

对徐铭义最后一战的胜利似乎在精神上极大地鼓舞了朱汉生,陶展文无论如何都无法取胜。到了九点半左右,他已经开始破罐子破摔。他的确状态不佳,而且也不曾在这样的日子里连续下棋。

"不下了。"陶展文说道。

朱汉生接连打胜仗，士气正旺，打算趁此绝佳状态再赢两三盘。

"时间还早呢！"朱汉生兴冲冲地说道。

就此罢手，恐怕对方会以为自己是夹着尾巴落荒而逃。于是，陶展文便以十点为限，接受了新一轮挑战。

最后他终于赢了一盘。

"时间快到了，到此为止吧！"时机可谓恰到好处。陶展文边说边站了起来。

"不行！"朱汉生用手指敲打着手表说道，"还有五分钟呢！"

"五分钟根本不够，别下了。"

"你想赢了就开溜吗？！"

"不是，说好的时间已经到了。"

就在这时，报刊会馆的报时音乐开始奏起了《萤之光》，声音响彻夜空。

"你这家伙最后耍赖，太不像话了。"朱汉生一边说，一边极不情愿地将棋子拢在一起。

九、噩　耗

　　星期一下午四点多，陶展文将手肘拄在"桃源亭"的桌子上，以手托腮，心不在焉地琢磨象棋。昨日的连败，连他自己都觉得惨不堪言。竟会输成那个样子，成何体统？不过，徐铭义只要在身体不适时，棋力就会变强，委实不可思议。或许象棋和拳法有相似之处。陶展文曾听说，很多人都是在身体不舒服的情况下创造出新拳法的。身体不舒服就会暴露破绽，为了弥补这一破绽，便会突然做出连自己都意想不到的姿势，成为创造新拳法的开端——大致便是如此……倘若我也染上风寒，或许就能创造出可以匹敌"暗中暗"的拳法新招，也能在棋盘上恣意挥洒，排出必胜的布阵——想着想着，他的想象开始变得天马行空、不着边际。

　　正在这时，小岛飞一般地闯了进来。

　　"干吗这么慌张？"

　　然而小岛对陶展文的问话充耳不闻。这个年轻的报刊记者声音嘶哑地说道："徐铭义死了！"

　　"你说什么？！徐铭义……"

"死了,被人勒死的。可能是用铁丝勒住脖子……"

陶展文猛地站了起来。

"镇静。"他将手搭在小岛肩上,问道:"是什么时候的事?"

"昨晚。"

"昨晚?我昨晚还去过徐铭义家啊!"

"我知道。我们打麻将的时候,您和朱先生一起去的。你们走后,我很快也回家了。陶先生,您在'鸥庄'大约待到了几点?"

"大概八点左右。"

"是八点前还是八点后?"

"我哪能记得那么清楚。"

"这很重要,因为据推测,死亡时间就在八点到十点之间。"

"八点到十点之间?"陶展文鹦鹉学舌般地嘀咕道。

"虽然尚未正式公布,但基本可以确定。尸体刚被发现不久。"

"坐下来说吧!"陶展文从餐桌下面拽出一张椅子,劝小岛先坐下。

"请您仔细回忆一下。"小岛一边坐下,一边说道,"我在警署听闻此事,马上便赶来这里了……我很担心,但是打电话似乎也不合适,就直接跑过来了。"

"我怎么会杀徐铭义呢?"

"话虽如此,但要向警察证明自己的清白,光说一句'我没杀人'是没用的。"

"谢谢你为我担心,但你放心,我和朱汉生离开时,徐铭义还是活蹦乱跳的呢!虽然他有些伤风,不能说是活蹦乱跳,但总之还活着。"

"您是说和朱先生互相证明无罪?这个证明略嫌不足啊,若是被认作同谋……"

"这一点也无须担心,当时还有第三人在场。那时五兴公司的社长来访，我们不方便继续待下去，便离开了。所以说，那位李先生足以作证。"

"原来如此，那就好。"小岛长出了一口气，似乎终于放心了。

"徐铭义……"陶展文合上了双眼。徐铭义为何被杀？又是被谁所杀？

"如此一来，五兴的社长比您和朱先生更有嫌疑。"小岛说道。

陶展文闻声睁开了双眼。

"也许吧！"他说道，"但我们离开的时间恰好是八点左右，不知五兴的社长待到了什么时候，应该不会一直待到十点。"

"不过，您和朱先生还是要接受警方的调查。"小岛说道。

"那是自然。"陶展文说，"或许我们主动配合调查会更省事。没错，我立刻联系朱汉生，一同去警署。不好意思，小岛君，还要麻烦你带我们去一趟。"

"尸体刚被发现，现在去是否有些操之过急？我觉得不如再等等，等警察来传唤再去也没关系的。"

"被杀的徐铭义与我相交多年，又是我的病人。我想尽量省去警察的麻烦，以便尽快抓获凶手。我若主动出面，就能提供很多可供参考的信息。对于外行人而言，根本不知道从哪里去找线索，可能一件很无聊的小事，也具有重大意义。总之，我要积极协助警察展开调查。"

小岛默默地听着，一言不发。

陶展文向柜台走去。看着他的背影，小岛不禁叹了口气。此刻陶展文走路的姿态威风凛凛，望之竟令人神摇目夺。

当时的陶展文身上的确有着某种令小岛感叹的东西。年轻时，陶展文曾在中国国内从事情报工作，每天都要面对一个接一个的问题。而他的任务便是对这些问题作出推理，查明原因，将疑问一一解决……虽然已经时隔多年，但他此刻觉得，青春时代的那股热血缓缓地又流入了这具五十岁的躯体。他向遥远的过去问——现在该做什么？一个年轻的声音答道——联系警察！

他拿起柜台上的电话，拨通了"安记公司"的号码。

健次手拿抹布从厨房走了出来。他此前一直全神贯注于砧板和菜刀上，为即将到来的早餐高峰做准备，因此并未听见陶展文和小岛的谈话。擦桌子时，陶展文打电话的声音倒是听得十分清楚，但他说的却是中文，所以健次依然悠然自得地哼着流行歌曲，置若罔闻。

陶展文放下电话，对小岛说道："朱汉生马上就来，我们在这里稍等片刻吧！趁这段时间，你能否先联系一下警察？"

十、临时记者俱乐部

"麻烦您特意来一趟,实在不好意思。"负责此案的福田刑警说道,"过后可能还要向您询问一些情况。"

"没关系。我今天会在店里待到十点,十点以后请到我家找我。"

警察反复道谢,但陶展文并不幼稚,他能觉察出警察表面感谢,暗中却向他们投来了怀疑的目光。

从警署步行至东南大楼不到五分钟,作为联络地点再适合不过了。二人走出警署,小岛紧随其后,在他身后还有足足一个分队的报刊记者跟着。他们一股脑地涌入"桃源亭",店里立刻呈现出一派临时记者俱乐部的模样。平日里八点半就打烊了,可今天直至九点,店里依然灯火通明,就连羽容通过电话得知此事后也赶来了店里。

天气寒冷,很多人都点了拉面和馄饨,健次一直忙个不停。但稍有空闲他便会发表自己的见解。在他看来,此案涉及情感之事,与大约十年前和徐铭义同居的女人有关。

"在座各位都是专家,你一个外行在这儿信口开河,实在令人无语。再说了,和徐先生在一起的那个女人早就死了。"羽容轻易地否定了健次的推论。

警察不时打来电话，询问一些随时想到的问题，例如徐铭义的性格、他的交友关系等。

信仰？他可不是一个有着虔诚信仰的人。虽不至于到处炫耀自己是无神论者，但他也算是个现实主义者……总之，他对宗教漠不关心……给关帝庙捐赠香火钱至多也不过五百日元而已……我已经说过很多次了，他不是人们口中说的那种守财奴。

除了警察的询问，聚集在"桃源亭"的记者们也提出了各种各样的问题。陶展文彬彬有礼地逐一回答，让人觉得他知无不言。然而只有小岛注意到，陶展文并未透露所有事实。关于徐铭义和吉田庄造之间的密切关系，他只字未提。

店里愈发冷了。取暖的锅炉早已停止嘶鸣，如此大的一个店面，仅靠一个煤气炉根本无法温暖到所有角落。记者中有人开始要酒喝。

"马上发奖金了，我也来一壶。"记者们纷纷说道。

"陶先生，我请您喝杯酒吧！"说着，小岛也叫健次拿来了酒壶。店里的两名女招待早已下班，健次忙得不可开交。

店里，有人不停打电话与总部联系，一会儿有人跑出店去，一会儿又有新人进来，并带来新的消息。

"管理员嫌疑很大。"刚从警署回来的记者说道。

据他说，"鸥庄"的管理员正在铺有榻榻米的里屋接受特别调查。而且，已经过了好几个小时，他一直都未出来。

"尸体就是管理员发现的吧？"

"没错没错，首先怀疑发现者也是常规做法。"

"那是个什么样的人？"

"他叫清水，是个五十岁左右的老实人，有些胆小。"

"钻牛角尖的老实人才可怕呢,常有出人意料之举。"

酒水送来了,在座众人开始变得愈发喧嚣。

小岛斟满酒,陶展文端起酒碗一饮而尽。温热的液体流经喉咙,在体内扩散开来。就在他细细品味这种感觉时,突然想起有一件事忘了告诉警察。当警察询问到被害人的物品时,陶展文回答,徐铭义将所有物品都整整齐齐地收在书架、衣柜以及抽屉里,只看外表,根本不知道什么东西会放在哪里。

他急忙走向放置电话的柜台,接通了福田刑警的电话。

"他的手提保险箱里应该有三本黑色皮面的账簿,我只记得这些,此外还有什么就不清楚了。先前有些心不在焉,所以没想起来。"

话音未落,他便感到身后原本高谈阔论的记者们一下子安静了下来。

"很有参考价值。"听筒里传出福田刑警的声音,"谢谢,若是再想起什么,请联系我。"

黑皮账簿的事情陶展文真的已忘得一干二净。以前是不会这样的——这让陶展文深深觉得自己已然老了,不禁感到一种难以忍受的寂寞。然而他又转念一想,这并没什么大不了——自己以前整日都保持在紧张状态之中,如今却不同。自己已经远离那种习惯二十年了,再说那些账簿应该已落入警察手中。

陶展文并未将徐铭义给自己看的威胁信告知警察。他并非忘记,而是故意未说。他相信,写出那封信的人是不会做出杀人这种事的。他还担心,倘若过度重视那封信,反而会致使搜查偏离正轨。警察想必早已将信没收,作为重要的线索之一。事到如今,再提及那封信并不会为其增加丝毫分量。

陶展文回到小岛身旁,空酒碗已被重新斟满。他端起酒碗,凝视着碗中淡黄色的液体——那样一丝不苟的老人为何会被杀?又是被谁所杀?

"说不定只是窃贼干的。"身后有人说道。

"这样说或许对死者不敬,但若只是窃贼干的,那也太叫人失望了。其中必定另有隐情。老头子那么有钱,又放高利贷,听说他性格也很古怪,毫不妥协……若是没有隐情也太……"

这个声音恐怕代表了所有在场记者的心声。

"岂有此理,警察保密得太厉害了,什么也不肯透露。"也有人愤慨地如此说道。

"我去趟警署。"小岛看了看手表,站起来。

陶展文和小岛一同来到了走廊。

"小岛君。"陶展文说道,"我并未将徐铭义和吉田之间的关系告诉警察,因为我只听你说过,并未亲自确认。此案说不定便与吉田有关。从协助搜查的意义上来说,或许将此事告知警察较为妥当。你最清楚徐铭义和吉田之间的关系,能否由你向警察说明此事?"

小岛默然不语。

"我想这样是最合适的。"陶展文再次说道。

"这个……"小岛欲言又止,"其实很大一部分是我的猜测……"

"算了。"陶展文说道,"你自己决定吧!这个问题全凭你的判断。总之,我今后不会将此事告诉警察或是其他任何人。"

陶展文很清楚小岛为了调查吉田付出了多少努力。眼下,在对吉田渎职问题的追查上,他倾尽了自己年轻的热情,即使面对各种各样的压力,他也从未屈服。可以说,与吉田有关的情报是小岛重要的财富,而且是尚未完成的财富。要将尚未擦亮的明珠直接公示于众,对小岛而言是难以忍受的。陶展文完全理解小岛的心情,他之所以悄悄在走廊里对小岛说出那番话,其实是为了令他安心。因此,在陶展文看来,小岛眼中不经意间流露的感激神色实属意料之中。

至于警察是否能够掌握徐铭义与吉田之间的关系，还是个很大的疑问。吉田之所以选择徐铭义负责洗钱一事，应该是认可了老人的守口如瓶和小心谨慎。因此，他们之间的关系不可能轻易外泄。但换个角度考虑，连小岛都能抓到切实的线索，作为警察机构理应不会一无所获。在陶展文看来，无论怎样都无所谓。只不过，他从小岛身上感受到了充满人性的深挚情感，那是一种一往无前的坚持，他希望尽可能帮助小岛实现心愿。那几本黑皮账簿现在应该已经落入警察手中，陶展文在心中祈祷，希望账簿不会挑明吉田与徐铭义之间的关系。

陶展文回到店里，只见记者们仍在大声喧哗。一名记者用铅笔在草纸上潦草书写，说道："《放高利贷的中国老人遇害》，这个标题不错吧？"

"太长了。"有人说道。

"'高利贷'不能省去，'中国人'也一定要保留……'华商'如何？"

"听起来好像外贸商一样，感觉不怎么样。"

"《腊月的惨剧》呢？"

"我在圣诞节前是不会用'腊月'这个词的。"

说着两名记者走出了店门。与先前相比，店内显得冷清了许多。

"各位，"陶展文说道，"可否不用'高利贷'这个词？改用'经营公寓'怎么样？虽然有些长。"

记者们沉默不语。他们感到陶展文眼中放射出的目光极其强烈，以至于心生怯意，一时冷场。

"不、不。"陶展文见状马上收回刚才的话，"我无权干涉各位的报道，请随意写吧！"

说完，他一屁股坐在椅子上，似已精疲力竭。

徐铭义的确是令人疲于应对的患者，给陶展文造成了很多麻烦。但即便如此，他毕竟是陶展文相交已久的朋友。出于职业的关系，他或许会遭人记恨，但并不是一个理应被杀且罪有应得的坏人。莫不如说，他是一个善良的人。他之所以严厉地催促返还贷款，并非出于贪婪，而是其一丝不苟的性格使然。陶展文并不希望记者对这个死者使用具有鞭挞色彩的表述方式——他发现自己变得有些多愁善感了。总之，他无法控制报刊记者的表述方式，而且，中文里的"放重利"虽与日语中的"高利贷"含义相同，贬义色彩却更加强烈。反正报纸使用的是日语，"高利贷"又有何不可呢？至少，这与"重利盘剥"或"阎王账"等令人厌恶的字眼所营造出的感觉相比还有一定距离。

陶展文脸上挤出一丝笑容，开口道："用'高利贷'也行，没关系。"

然而一经冷场，原来的快活气氛便再不复返，人们接二连三地离开了。到小岛回来时，已走得一干二净。

"那些家伙去哪儿了？"

"不知道。"陶展文说。

此时店里只能听见朱汉生在厨房里向羽容和健次大声描述警署之行的声音了。

小岛看了看手表，"原本预定等到十点，那些家伙竟会提前离开，当真少见。他们想必改到警署前的咖啡馆去了吧！"

"也许。"

"虽然还不到十点，但已经没人了，打烊吧！"

"不行。"陶展文说道，"警察可能还会联系我呢！"

"不会。福田刑警托我转告您，可以打烊了，回家时顺便去趟警署就行。"

"原来如此。"陶展文重重点了点头，走进了厨房。

"桃源亭"打烊了。

在警署，就手提保险箱内的黑皮账簿，陶展文接受了盘问。

"封面上用白色的字写有'壹、贰和杂'，是吗？"

"我没看过壹和贰，其中的内容并不清楚。至于杂，里面应该记有我们下象棋的成绩。"

"下象棋的成绩？"福田刑警疑惑地反问道。

"是这样的。"陶展文解释道，"我们每局胜负赌一百日元，月末结算，徐铭义一直在做记录。"

"原来如此。"刑警本欲露出嘲讽的笑容，却并未成功，他也累了。

"这种小赌并不违法。"陶展文说道，"我们互有胜负，每月输赢至多不过一千日元而已。"

警察叫陶展文来仅为此事。黑皮账簿似乎遗失了。

先来一步的朱汉生正同羽容和小岛一起坐在警署内的长椅上等待，他也被问及关于账簿的事，"我们的胜负记录写在哪里了呢？可能是记在后面了吧，我并没有留意过，所以也说不准啊！"

小岛认为，只要等到管理员清水出来，很多事情就会浮出水面。清水或许会被警察扣留下来，但小岛表示，他要一直等着，直至晨报的截稿时间为止。

陶展文父女和朱汉生乘坐计程车离开了警署。

在车中，陶展文注意到朱汉生换了身新衣服，而不再是昨天那副邋遢打扮。

"汉生，你终于换衣服了？"

"是啊，要去警署，衣冠不整可不成。"

"既然你已认识到自己衣冠不整，说明还不是无药可救。"

当朱汉生在东亚大街下车时，十点的报时音乐开始在夜空回响。

回到北野时，时间已是十点零五分。

"没想到今天这么快就结束了。"陶展文一边脱去上衣,一边对妻子节子说道。

"可是,徐先生真可怜啊,一个人在这边无亲无故。接下来你打算怎么办?"

"首先必须要找出凶手!"陶展文下意识地拔高了声音。

十一、管理员的讲述

第二天清晨，陶展文一如既往地早早起床，正在庭院里练习拳法时，小岛赶了过来。

"管理员出来了，就在昨天深夜……不，应该说是今天凌晨。"小岛立刻就开始汇报情况。他两眼充血，明显地睡眠不足。

"是吗？说来听听。来，进来吧！"

被领进客厅后，小岛便迫不及待地说道："管理员清水一出来，我就抓着他问，得到了很多情报。"

"按顺序说吧，先说说发现尸体时的情况。"

"据清水讲，他因为有事要就税金问题同徐铭义商量，昨天早晨曾两次前去敲徐铭义的房门。由于无人应答，他便以为徐铭义在睡懒觉，也就没有多加理会。他知道徐老先生为人谨慎，即便略感风寒，也会小题大做地昏昏大睡，所以并未在意。可是，三点半左右，有人给管理室打来电话，说他给徐铭义打了无数次电话都无法接通，便来询问究竟。"

"打电话的人是谁？"

"是五兴的社长。他说本来与徐铭义约好下午三点见面,可等了半个小时仍不见人来,电话又始终无法接通,所以就拜托管理员代为转告。"

"转告什么?"

"他拜托管理员转告徐铭义,如果四点还不来的话,今天就不行了,只能择日再谈……"

"原来如此,于是清水就进了五号房间?"

"没错。起初他还是敲了敲门,但依旧无人应答,干脆就直接进入房间,然后就看见徐老先生已经死在床上。他一开始以为徐老先生在睡觉,但他发现一丝不苟的徐老先生竟然没换衣服,也没盖被子,觉得很不正常,于是走近一看……"

"我知道了,于是他就报警了。可是,电话无法接通是怎么回事?难道是听筒没有放好?"

"是的。通过在电话局调查得知,从前一晚开始,听筒就一直不在原位。据警察讲,电话局担心会烧焦,便停止了供电。"

"哦?会烧焦吗?算了,这种事无所谓。我和朱汉生离开公寓时,清水似乎就在管理室的窗后。他或许看见了我们。"

"是的,他说看见了。如此一来,您和朱先生都没有嫌疑了。"

"五兴的社长也能证明我的清白……对了,那位社长怎样了?听说他昨天在其他房间接受了调查。"

"他也是清白的。管理员亲眼看见他离开了。而且在那位社长离开后,还有很多人进出过徐先生的房间。"

"哦?徐铭义竟有那么多客人?平时他那里几乎都没人去啊!"

徐铭义将生意和个人生活划分得一清二楚,其一丝不苟的性格由此可见一斑。金融业、不动产交易他都在充当事务所的鞋店二楼进行,若非要事,一般不会带入"鸥庄"的五号房间处理。说到要事,或许包括与吉田有关的秘密工作……总之，陶展文在"鸥庄"从未碰见过徐铭义生意上的客人。

"话虽如此，但不知为何，似乎唯独那晚客人络绎不绝。"小岛说道。

"都有什么人去了'鸥庄'的五号房间？"

"据说，五兴的社长前脚刚走，就有一个矮小的男人走了进去，但他很快就出来了，并未多作逗留。"

"知道那人是谁吗？"

"据管理员讲，他从未见过那个男人。"

"管理室就在徐铭义房间的隔壁，既然在同一侧，从那个收发窗口应该是看不见有人进入徐铭义的房间的。"

"好像是通过声音判断的，因为徐铭义的房间就在隔壁。"

"原来如此。脚步声在隔壁门前停了下来……又或许是开门声……"

"大概就是这样。据说，矮小男人离开公寓的时间是八点四十二分。"

"时间竟然如此准确？"

"清水是个推理迷，星期天晚上一定会看《只有我知道》，所以会一直关注时间。那个节目是八点四十五分开始，当时他的注意力可能全都集中在时钟上。"

"电视机放在收发窗口所在的房间吗？"

"不，放在里屋。"

"也就是说，从八点四十五分左右开始，窗口便没人了。清水又是独居，所以也无人换班。如此说来，矮小男人离开之后，应该就没人知道有谁进去过了。"

"可是，徐铭义后来找'白宫'要过咖啡。清水刚开始看《只有我知道》没多久,就接到了女招待的来电。"

"如此说来,几乎是矮小男人前脚刚走,下一个客人就来了。"

"是的,还真复杂……"

"女招待一如平日,只端着咖啡壶过去……"陶展文暂时合上双眼,在脑海中模拟当时的情景,口中喃喃有声。

"据说徐先生当时在下象棋。"

"什么?下象棋?"

"女招待看得很清楚,而且徐先生落子有声。"

"当时的客人呢?"

"遗憾的是,客人坐在阴影中没看清楚。当然,女招待也不会去留意,她只是在客厅桌旁倒咖啡时,通过半开的门向里面瞥了一眼而已。我也去现场看过,距离的确有些远。"

"下象棋……"陶展文陷入了沉思。

"结果,就目前所知,那名女招待成了最后见过徐先生的人。"

"如此说来,最有嫌疑的就是下象棋的对手。"

"不,还有奇怪的呢!住在徐先生对面房间里的女人说,快到九点半的时候,有人进入了对面的房间……也是通过脚步声作出的判断。"

"嘿,所有人都来得如此堂而皇之,对脚步声毫不掩饰。访客的名单到此为止了吗?"

"就目前所知,仅有这几人。不过,若是想不被任何人发现悄悄地进去,也并非不可能。管理员当时在看电视,住在公寓里的人又多为酒吧的女招待,那个时间都不在家……"

"是这样啊!"

"至于刚才提到的那个女人,她当时一边往门上挂抹布,一边等待丈夫回来,所以才会格外关注脚步声和时间,否则也不会留意到。"

"她说的那人是几点离开的?"

"据她所言,她的确听见有人吹着口哨打开房门走了进去,但她后来就去打扫厨房了,就算那人离开时发出声音,她也无法听见。"

"吹口哨的杀手?听起来好像廉价录影带中的人物。"

"基本上就是这些。"小岛掏出一根烟,仿佛在宣布"报告完毕"。

"陶先生。"小岛将烟点着。虽然周围没人,他仍压低声音说道:"虽然您现在开店,但听说您以前做过侦探?是朱先生昨天在警署的长椅上告诉我的。"

"朱汉生是个冒失鬼,不管那家伙说什么,都不能相信。"陶展文抱起胳膊,粗鲁地说道。

过了片刻,小岛又道:"您有没有发现什么破案的线索?"

"什么都没发现。"陶展文说道,"你提供的情报令我感到一头雾水。"

"名侦探也无法解开吗?"小岛看来有些失望。

"不要如此心急。虽然现在一无所知,但渐渐地总会找到线索的。一切有形万物都是从无形的自然之中孕育而生的。"

"只要耐心等待,总会迎来机会,对吗?"

"怎么被你解释得如此俗气,但基本就是这个意思。"

小岛离开后,陶展文仍抱着胳膊,沉思了许久。

小岛的汇报只是一个大概轮廓,陶展文需要得到更多的情报来补充,哪怕只有一点儿也好。他打算通过自己的力量来收集情报。

离开时,小岛还表达了自己的决心,表示要继续深入调查吉田与徐铭义之间的关系。目前,此案还完全隐藏在黑暗之中,看不到一丝希望之光,自然亦不知是否与吉田有关,但有必要沿这条线追查下去。只要与徐铭义有关,无论是哪方面的事,都必须彻底调查。

"徐先生的事见报了。"

不知何时，羽容走了过来，将报纸摊开在父亲面前。陶展文家订了三种报纸，他将这三种报纸对照着阅读起来。

《放高利贷的中国人遇害》，这是第一份报纸所用的标题。另两份报纸并未使用"高利贷"的字样，而是换成了"经营公寓"，其中《中央报》的标题是《经营公寓的中国老人遇害》。

昨晚，陶展文在"桃源亭"针对徐铭义的称呼向报刊记者们提出这个建议时，小岛应该并不在场。也许他是后来听别人说的。

报道内容极其简单，只有标题硕大无比。由于写报道时，管理员还被关在警署的里屋，因此没有一份报纸提及惨剧当夜复杂的访客情况。

"这家报纸太过分了，竟然说遇害的徐先生放高利贷，征收利钱的手段毒辣，所以遭到债务人的记恨……那位老爷爷才不是这样的人，对吧？"羽容噘嘴说道。

"没错。"陶展文心平气和地说道，"他只是一丝不苟，无论任何事情，不做到精确无误就不会罢休。竟被说成手段毒辣，实在可怜。"

电话响了，是华商俱乐部的发起人汪氏打来的。他想同陶展文商量一下徐铭义的葬礼以及遗产等善后事宜，请他下午去一趟。

吃早餐时，正当陶展文嚼着吐司，电话铃声又再次响起。这次是警署打来的。

"劳您大驾，请于上午再来一趟警署。"福田刑警以恭敬而又严肃的声音说道。

"总算变得紧迫起来了。"说着，陶展文啜了一口红茶。

十二、辻[1]

在警署的盘问持续了一个半小时左右。但除去笔录所花费的时间，实际盘问的时间很短。

陶展文先被问及徐铭义的交友关系。福田刑警接连列出了约三十个人名，而陶展文所知不过半数。中国人大概都知道——南京街的廖先生、西服店的林先生，后来还出现了五兴李社长的名字。至于日本人的名字，有很多都是闻所未闻。陶展文与徐铭义既同为中国人，也是象棋对手，还有医生和病人的关系。但有关他的生意——即鞋店二楼的营生，陶展文并不了解。他不知道的那些人名大概便是在鞋店二楼与徐铭义有关的不动产商或者债务人等。

吉田庄造的名字自始至终均未出现。不知是因为尚未调查出来，还是已经调查清楚，但考虑到其地位而不能立即公开。

走出警署，陶展文向后耸动宽阔的肩膀，长出了一口气。

东南大楼离警署很近，但陶展文打算绕道，沿京町街向工商总会

---

[1] 辻：日本地名、人名用字，意思是十字路口。

的方向走下去。他喜欢一边散步,一边思考问题。

就在陶展文打算边走边思考问题时,一辆轿车在警署前停了下来。五兴公司的社长轻捂着一头脱俗的银发,走下车来。在那个不祥之夜里,二人已在徐铭义的房间正式认识,于是陶展文上前打了声招呼。

"已经问过您了?"五兴公司的社长用很有礼貌的中文寒暄道。

"是啊,问过了。"陶展文答道,"您是下一个?"

"是的。"这位优雅的老绅士脸上掠过一抹略带哀愁而又不露声色的微笑。

"这差事令人厌烦,但双方都没办法。"陶展文说。

"没办法。"老绅士仿佛鹦鹉学舌般地重复,随后继续说道,"与阔别二十多年的旧友偶遇,哪知这份喜悦转瞬即逝,竟会变成这样。怎么会发生这种事呢?真是令人想不透。徐先生在这二十年间做了什么我丝毫也不清楚……我以前所认识的徐铭义是个很好的人,在银行工作期间,可以说是一个绝对理想的职员,谁知竟会遇害。"

"正如您所言。"陶展文尽力使用体面的措辞说道,"他的确是个适合银行工作的人,若是一直在银行工作,肯定已经成为一位优秀的银行家了。"

"正是如此。"银发绅士重重地点了点头,"我还记得,他过去工作非常细致而且极其准确。"

老绅士向通往警署大门的台阶瞥了一眼,口中发出一声叹息。

陶展文没有放掉这个机会,说道:"我告辞了,下次再见。"说着,他弯腰行礼。勉强自己用细柔的声音说话,喉咙深处会奇痒无比,还是趁早结束为好。

"那我也告辞了,想必警察先生们早已等得不耐烦了。再见……"

老绅士踏上通往大门的台阶,步伐极其优雅。这是受过良好教养的人的走路姿势。陶展文一直盯着他的脚步,直至对方走入警署。随后,陶展文向南迈出了散步的第一步。

宽敞的京町街沐浴着冬日的阳光,笔直地伸向港口。街上行人寥寥,凉风拂面。陶展文在东京银行前横穿马路后,便沿着海岸大街向右拐去。

他本欲思考问题,但脑海中却并未浮现出任何条理清晰的线索。唯独徐铭义已死这一事实仿佛浓雾一般,在他脑中挥之不去。那是令人感到悲伤的灰色浓雾。所谓人生无常,每逢有人死去,某种一贯的悲哀感便会莫名其妙地涌现。如今,这种悲哀感便混杂在这片浓雾之中。

东南大楼已经近在眼前,但陶展文尚未达到预期的散步目的。要想思考出什么,还必须再走走。于是,他又朝着大楼正对面的美利坚码头走去。

码头的海风掺杂着几分重油的气味扑面而来。这种气味刺激了陶展文的脑细胞,促使他开始思考。

在昨晚的盘问中,警察特别仔细地询问了徐铭义卧室内火盆中的炭火情况。星期日晚上,当陶展文在房间里时,堆成小山的炭火燃得正旺。他也将此情况如实地告知了警察。盘问的目的肯定与推测死亡时间有关。显而易见,房间的温度是计算死后经过时间的一个必要条件。尸体被发现时,火盆无疑已经熄灭。难道没有什么科学的方法能够准确判定炭火熄灭的时间吗?在陶展文离开后,不知徐铭义又加了多少次炭,毕竟他是个格外神经质的伤风患者。无论如何,陶展文离开房间的时间相对较早,向他询问炭火的情况并没有多大意义。

此案表面疑云密布,仿佛完全被浓墨染成的黑幕笼罩。然而陶展文方才便注意到,形成疑云黑幕的墨在浓淡上是有细微差别的。他一直走到美利坚码头的尽头,尽情地呼吸海风,随后便慢慢走回了东南大楼的地下室。

小岛捷足先登，早已等在"桃源亭"中。

"星期六，有四十七万八千二百八十日元从银行取出。"一见到陶展文，小岛便毫无预兆地突然说道。

"你是说徐铭义的事？"陶展文问道。

"当然啦！通过徐先生的代理银行调查得知，星期六上午，徐老先生亲自取走了四十七万八千二百八十日元的现金。"

"还煞有介事地带着零头呢！"

"这笔钱目前下落不明。"

"也许已经给了某人。"

"或许如此。不过，一个叫日下部的不动产商刚好遇到从银行出来的徐先生，二人便一路同行，直至回到'鸥庄'。据清水讲，徐先生回去时向管理员大发牢骚，又是头疼又是发烧，说自己今天要睡觉了，此后便不曾外出半步。既然如此，那笔钱应该就放在手提保险箱里或是其他地方。"

"虽然不曾外出，但可以交给来访的人。"

"那倒也是……"小岛轻易妥协道。

倘若手提保险箱内的黑皮账簿已经遗失，那么现金下落不明也是理所当然，并非不可思议之事。

与现金相比，陶展文满脑袋想的都是另外一件事——在那块疑云黑幕之上，某个地方的墨似乎要淡一些。

"与此相比，倒有另外一件事令我百思不得其解。"陶展文说道，"我方才去过警署，被问及很多人的名字，但其中并未出现一个叫辻某某的人名。奇怪，太奇怪了。"

"叫辻某某的人？"

"事实上，我最近在徐铭义那里看过一封威胁信——嗯，应该说是被迫看的。"

"威胁信!"小岛兴奋地站了起来。

"只是一个因被追讨贷款而至自暴自弃的男人写的威胁信,尽是些陈词滥调。我本不想看,只因徐铭义非常想让人同情他,迫不得已之下才看的。因为不感兴趣,我只是飞快地浏览了一遍。那封威胁信最后写有署名,就是那个叫辻某某的人。"

"只有'辻'字吗?"

"后面还有,叫辻山还是辻川来着,总之我只记得'辻'字。"

"陶先生,如此重要的事怎么能忘呢?若能清楚回忆起那个名字……"

"不好意思,我本就没有认真看信,我做梦都没想到徐铭义会遇害。"

陶展文只记得"辻"字。中国人在阅读日文时,不时会碰到一些难认的字,比如"辻"或"峠[1]"这样的日本造汉字。在中国并没有这些字,因此令人印象深刻。陶展文之所以只记得"辻"字,原因便在于此。

"那封信被徐铭义小心地收在文件夹里,放进了抽屉。"陶展文继续说道,"警察理应已进行过细致的搜查,想必不会漏过那封信,应该早已欢呼雀跃地将其没收,以作搜查的重要线索。可是,我在警署被问及一大堆人名,其中却并未出现带'辻'字的名字。这到底是怎么回事?"

"原来如此,的确莫名其妙。"小岛说道。

"可能的理由只有一个——那封信并未落入警察手中。嗯,只有这样才能解释得通。"

"哦!"小岛赞叹道,"不愧是名侦探,眼见胜过耳闻。"

---

[1] 峠:古同"卡",表示山顶。

"胡说什么，任何人思考之后都能想到这一点。"

"就是那家伙干的！"不知从何时开始从旁偷听二人交谈的健次开口说道，"那家伙用铁丝勒死徐先生……"

"住口！"陶展文喝道。

然而健次并未停止，而是继续说道："然后将能成为证据的信取回烧毁……"

"这家伙也是名侦探。"陶展文冷冷地说道。

"我总觉得此案与吉田有关。"小岛说道，"事实上，我今早遇见了方才提到的那个日下部，他曾与徐先生合伙从事不动产生意。据他所言，徐先生最近转手了很多土地。这与您先前的猜测相吻合——徐先生之前一直在建筑业者和吉田之间担任洗钱角色，而吉田最近更换了洗钱人员……无论如何，这件事似乎都与此案有关。"

"你认为有什么关系？"

"徐先生对吉田的事知道得太多了，而知道重大秘密的人往往会面临危险。"

"我至今仍然毫无头绪，或许你说的没错……"

"我接下来要去调查扮演新的洗钱角色的是谁。据日下部讲，大桥街三巷有一块二百坪[1]的土地也已被卖掉。只要调查登记手续，就能立刻得知土地转给了谁……这种事只是小菜一碟。"

说完，小岛争分夺秒地匆匆离开了"桃源亭"。剩下陶展文一人独自坐在桌旁，用手指在桌上无数次地写着"辻"这个字。

---

[1] 坪：面积单位，1 坪约为 3.3 平方米。

十三、治丧委员会

陶展文按约定时间来到了华商俱乐部,那里已聚集了数名华侨界的发起人。

"陶先生,您也是徐先生的好朋友,我想同您商量一下徐先生的善后事宜。"一见到陶展文,汪氏便开口说道。

"当然,既然是徐铭义的事,请务必让我也出一份力。"

"毕竟徐先生在这边孤身一人,无亲无故,只能由我们来安排。治丧委员会已经成立,希望您也能成为委员之一,可以吧?"

在确认陶展文点头同意后,汪氏继续说道:"关于遗产,详细情况目前还不清楚,因为无论什么事,徐先生都是亲自经手,独自打理。而且,他的房间还在警察的警戒之下,也不能进去寻找相关文件,我们暂时只能先写信通知了他在国内的儿子和嫁到香港的女儿。"

"关于遗产,事后再慢慢调查不就行了?"陶展文说道,"目前更要紧的是,先安排葬礼。"

"葬礼已经安排妥当。"汪氏从口袋里掏出一张纸片,继续说道:"明天下午两点,真善寺。治丧委员长是郑先生,我是友人代表。另外,无论如何都需要亲属代表出席,而与徐先生有血缘关系的人眼下都不在。虽然您并非他的亲属,但不知可否在亲属代表一栏写上您的名字?若非如此,葬礼就无法举行。"

"可以。"陶展文说道,"我的名字随便用,又没什么损失。"

"徐先生在香港的女儿虽然来不及参加葬礼,但她之后定会赶来,因为徐先生应该会留有一笔数目可观的遗产。至于他的儿子,可能有些困难,毕竟两国邦交尚未恢复正常[1]。"

"他的儿子正在国内挥汗如雨地努力工作,想必不会贪图一两所脏兮兮的公寓。"

"陶先生。"俱乐部的书记从旁说道,"我们想请您写副挽联。"

"做什么都没问题。"陶展文说,"我已经无法再为徐铭义开处方了……就将挽联当作写给他的最后的处方吧……"

"我接下来要准备发送葬礼通知。"汪氏一边将一张纸片放在陶展文面前,一边说道,"我想通过电话联系,不知应该通知的人是否都在上面。请您检查一下可有遗漏?"

陶展文粗略地看了一遍写在纸片上的人名,随后嘀咕道:"嗯,应该就这些吧!"

"对了。"陶展文刚要将纸片还给汪氏,突然说道,"好像漏掉了西服店的林俊祥……的确漏掉了。林先生是象棋棋友,与徐先生可谓棋逢对手,一定要通知他。"

"除此之外再无遗漏了吧?"汪氏接过纸片,放入胸前的口袋,随后再次确认道。

"还有,"陶展文说,"也应该通知我们大楼内的五兴公司的社长。此人最近刚来神户,与华侨界的诸位尚未熟稔,但他其实是死者

---

[1] 本书写于1961年,1972年才实现中日邦交正常化。

的旧友。据说，徐铭义以前在上海的银行工作时，这位李先生是该银行的一位大人物。"

"是吗？"汪氏又从口袋中掏出纸片，添上了"五兴公司"的字样，随后问道："电话号码是多少？"

"这个不太清楚。"陶展文答道。

"你去查查电话簿。"汪氏向书记命令道。

"电话簿里可能没有。"陶展文说道，"因为五兴公司是最近才入驻东南大楼的。"

"若在电话簿中找不到，就去电话局问问。"汪氏对书记说道。

书记正要走过去打电话，却被陶展文制止了。

"算了，反正同在一幢大楼里，五兴的社长就由我来联系吧！"然后，陶展文转头望向汪氏，继续说道，"明天下午两点，真善寺。对吧？"

这时，汪氏仍在翻找口袋，随后掏出了另一张纸片。

"这是相关日本人的名单。"汪氏递出纸片，继续说道，"在您所知的范围内，是否还有遗漏？这些人似乎多为不动产方面的生意伙伴，但关于徐先生的生意关系，我们也并不清楚，只能大致列出这些。有一个叫日下部的人貌似是徐先生的参谋，虽然我们也已向他打听过……"

"关于徐铭义生意上的往来，我也不大清楚，帮不上什么忙。"

话虽如此，陶展文仍接过了纸片。列在上面的名字应该便是徐铭义在鞋店二楼的熟人。陶展文在纸片上寻找吉田庄造的名字，但并未找到。纵然小岛的调查属实，但二人的关系也必定极为隐秘，纸上自然不会出现吉田庄造的名字。另外，纸片上也没有辻某某的名字。

"啊，差点儿忘了，还有一个人。"陶展文一边递还纸片，一边说道，"眼下正在日本的席有仁。"

"席有仁！"汪氏鹦鹉学舌般地叫了起来，随后说道："是那个南洋的席有仁？"

陶展文此前绝非将席有仁忘得一干二净。只不过，每当说出这个名字，必然会令听者激动不已，而他并不喜欢看到这一幕。因此，他一直拖到最后才说出来。

"没错。"陶展文若无其事地说道，"他是五兴公司的客人，此行似乎不太愿意让人知道。"

"席有仁来了日本？他还是徐先生的朋友？"

汪氏似乎无法相信这位大名鼎鼎的富豪与徐铭义之间存在如此密切的关系。

"没错，他们曾经的确是朋友。"陶展文的语气中多少含有一丝挑衅的意味。

汪氏还是有些疑惑，不久又自言自语般地说道："如此说来，我的确记得徐先生以前说过此事。席有仁曾向上海的银行贷款……没错，正是徐先生工作的银行……还有，是徐先生接待了席有仁。我记得这是徐先生一直引以为傲的一件事。"

"总之，要联系席有仁，只需联系五兴公司即可。这件事也交给我吧！"陶展文以极其公式化的口吻说道。

这时，电话铃响，书记接起来，刚听了一句，便突然变得恭敬起来。

"是的，他在。好，明白。"

"陶先生。"书记扭头喊了一声，随后小心翼翼地低声说道："是警察。"

"我是陶展文。"陶展文接过电话，报上名号，随后便听见福田刑警那颇为耳熟的声音通过电话线从听筒中传了出来："我刚才给'桃源亭'打去电话，听说您在这边……其实是希望您能尽快来一趟……不，不是警署，是'鸥庄'……没什么，不会占用您太多时间，只是想让您看看徐先生的房间，问您一些问题。不管怎样，即便此案是窃贼所为，我们也无法得知到底遗失了哪些东西，这叫我们很难办啊！徐先生的亲属又不在，管理员在这方面也帮不上忙……我想，最好还是让死者的好友来看一看。"

"我更帮不上什么忙了。虽说是朋友，但关于徐先生的私事，我也……"

"也没人能真正了解徐先生的私事吧，他几乎就是一个神秘主义者。总之，还是请您来一趟吧！我们一直严格禁止无关人员进出徐先生的房间，全力展开调查，却始终束手无策。我想请您过来，问您一些问题，让警察暂时撤离。"

陶展文挂掉电话，转身向汪氏说道："警察叫我过去，我先走了。"

"什么时候写挽联呢？"书记问道。

"差点儿忘了。"陶展文又坐了下来。

徐铭义的事可能很快便会被人们遗忘。仅需两年，人们就会忘记他的葬礼是何时举办的。记忆力超群的人或许会在绞尽脑汁后想起当时的确是穿着大衣参加的，所以应该是在冬天。虽然挽联会被恭恭敬敬地挂在会场讲台上黑框照片的两侧，但用不了两天，参加葬礼的人肯定就会将挽联内容忘得一干二净。既然如此，老套的措辞反而更加合适。为了让人们尽快忘记，陶展文拿起铅笔，写下了这样几个字：

<blockquote>山颓木坏　风惨云凄</blockquote>

十四、"鸥庄"五号房间

"鸥庄"的五号房间里三名身穿警服的警官和着便衣的福田刑警正在等候。

星期日夜里,这里曾上演惨剧。陶展文环视四周。徐铭义的尸体虽然已被搬走,但他觉得,房间里仍弥漫着一股"死亡"的气息。

"麻烦您了,陶先生。"福田刑警郑重地说道。身穿警服的警官们则一副无聊的表情坐在客厅里。

"不管能否帮得上忙,总之我尽力而为吧!"

不知为何,陶展文总觉得徐铭义的卧室似乎在倾诉着什么。在这个房间里,他曾无数次为徐铭义诊病,无数次佯装舔尝其头皮,还曾无数次各执"帅""将"展开厮杀。失去了主人,房间角落里的床显得孤零零的,上面的床单也已被卷起。陶展文在一张曾坐过无数次的折叠椅上坐下来,而对面的另一张椅子正面向办公桌摆放。

"既然您来了,就请看看,房间里与平日可有不同?"福田刑警问道。

陶展文再次环视房间。

"怎样？本来管理员应该是最了解情况的，但他说从表面上看并无变化。"刑警又补充了一句，似乎在催促陶展文尽快作答。

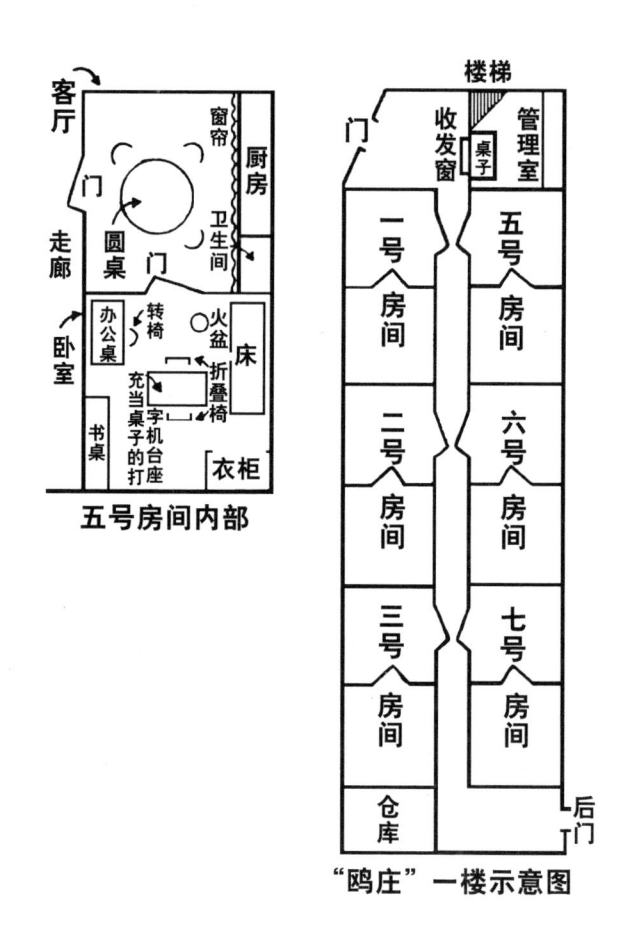

五号房间内部

"鸥庄"一楼示意图

"确有不同。"陶展文指着床说道，"床单以前从未像现在这样，至少在我的记忆中不曾见过。"

"那张床单？"刑警苦笑道，"那是搜查时翻过来的，除此之外是否还有……"

"椅子和桌子以前也绝不会如此朝向两旁乱摆。"

"啊,这个?"刑警将椅子的位置摆正,随后说道,"是我们拖出来坐的。当时来了很多人,没地方坐……连这张矮桌上都曾有人坐过。"

刑警的语气似乎有些急躁。

"此外好像没了。"陶展文说道,"桌子上的灰尘除外,徐铭义生前会经常用抹布擦干净。"

"也就是说,被害人喜好洁净?"刑警问道。

"他喜好洁净,经常收拾房间。"

"嗯,表面上就这样了,那内部呢?比如衣柜、抽屉以及书架里面。请您看看。"

"我昨天和今早都已说过,我只知道手提保险箱内放有三本黑皮账簿,仅此而已……对了,我还曾偶然见到徐铭义将装信的文件夹放进抽屉……我有对你们说过吗?"

"是这里吧!"说着,刑警打开抽屉,只见装信的文件夹正躺在里面。

看到文件夹后,陶展文点了点头:"就是那个。我曾偶然见到徐铭义将它放在那里。当然,我并不清楚其中的内容,也没看过衣柜或书架里面。"

"唉,实在叫人束手无策。"刑警说道,"虽不知他有多爱收拾,但倘若只有本人清楚每样物品的摆放位置,我们根本无从着手。无论物品收拾得如何整齐规矩,其本人已经不在了,即便有物品遗失,我们也无从得知。幸好您还记得黑皮账簿。老实说,那是我们目前发现的唯一线索,破案全靠它了。"

"手提保险箱没上锁吗?"陶展文问道。

"没有。"刑警盯着陶展文说道,"钥匙在被害人本人的套衫口袋里。有两种可能——要么是其本人打开的；要么就是凶手抢走钥匙，打开保险箱后又放回了口袋里。"

"是打开后又放回去的。"陶展文毫不犹豫地说道。

"哦？您竟然如此确定？"刑警怀疑地说道。

"若是徐铭义打开的，他一定会锁好。他这个人的性格，是不可能在办完事情后却忘记上锁的。"

"原来如此。"刑警点头说道，"不过，也有可能是徐先生自己打开了锁，但在重新锁好之前就遇害了……可是，这一事实对推测出凶手有何帮助呢？"

刑警思考了片刻，似乎终于打定主意，对客厅里的同伴们说道："好了，我们准备撤退，把要带回警署的物品整理一下，由陶先生和管理员做个证明。"

"什么物品？"陶展文问道。

"保险箱里有些登记证、借据以及期票之类的东西，或许可供参考，所以要暂时借用。此外还有一捆信。"

"哦？连信也要带走？"

"我们粗略地看过一遍，并未发现什么线索。但或许会有用，可以带回去交给更机智的人调查。"

"福田先生，"陶展文向刑警走近一步说道，"其实，我刚刚在俱乐部与大家商量了一下徐铭义的善后事宜……我们认为，必须将大体情况告知徐铭义在香港的女儿，所以想粗略统计一下死者的遗产。不知能否让我将登记证的内容及借据的金额做个记录？"

"可以，反正我们很快就会归还。您若急用，现在就可以记录下来。"

陶展文迅速开始记录，完事后又对刑警说道："能否让我看看那捆信？"

在得到同意后，他开始查看装信的文件夹。里面约有三十封信，他将所有信件逐一翻看，找了很多遍，却始终未能找到署名辻某某的威胁信。

"谢谢！"说着，陶展文将文件夹还了回去。

警察唤来管理员清水，在他和陶展文二人的证明下，刑警们将必要的物品装入橘子箱[1]后扬长而去。

"哎呀，他们终于走了。虽然我没做坏事，但有警察在，总觉得心神不宁。"清水似乎终于松了口气。

陶展文在转椅上坐下，随后陷入沉思——自己坚信写威胁信的人不会犯下杀人的罪行，这也许是对自己的直觉过于自信了。必须考虑到一切可能性。如今，从所有方面来看，名叫辻某某的男人都变得颇有嫌疑。威胁信不见了，而且借据和票据中也根本没有带"辻"字的人名。根据先前浏览过的威胁信推断，贷款应该尚未归还（若已在这几天内归还则另当别论），正如威胁信中的恐吓一样，凶手杀死了徐铭义，取回危险的威胁信……然后抢走借据。但仅仅如此尚不完美，因为就算取回字据，在黑皮账簿的记录中仍会写着"未还"，篡改记录更加危险，索性便将三本账簿全都带走烧毁……

条理非常清晰。然而陶展文动辄便会想起自己最初的直觉……似乎事情无论如何都不应如此。

陶展文抬起头来，对站在眼前的管理员说道："清水先生，您被警察盘问许久，想必已经厌烦不已，但关于那晚的事，能否允许我再问一遍？"

"好吧。"清水说道，"因为多次复述，大体上的情况我已能倒背如流了。"

---

[1] 橘子箱：橘子的包装箱，在日本用途广泛。

"是吗?"陶展文站起身来,口中说道,"去您的房间吧,就是收发窗口那里,我想坐在那儿问您。"

"鸥庄"的大门面向西方,正对并不宽敞的马路。一进门,正面便是管理室,其中仅有三张榻榻米大的狭小空间是所谓的办公室。收发窗口正对大门而设,玻璃窗后有一张小桌,坐在桌前就能看见整个大门,进出之人均逃不过窗后的眼睛。要进入一楼的房间,必须在窗口前方右转,而通向二楼的楼梯位于管理室的北侧,因此也能从窗口看见楼梯上的人。

办公室后面有一道拉门,拉门后面是一个四张半榻榻米大的房间,铺有榻榻米,是管理员的卧室,而清水花了一个月薪水买的电视机自然也放在这间屋里。

"看得很清楚。"陶展文坐在小桌前说道。

大门的天花板上挂着一个硕大的电灯,在夜里应该也能看得一清二楚。

"出入口只有这个大门吧?"陶展文自言自语般地呢喃,管理员却明确答道:"还有后门,在仓库对面,门外是狭窄的巷子。"

陶展文曾来过这所公寓无数次,却不知还有后门。

"哎呀。"他说道,"如此一来,从这里就看不到后门的进出情况了⋯⋯太不警惕了。"

"后门起初一直是锁起来的,但七号房间的安田先生图方便,就叫我打开,所以后门在晚上十点前都是开着的⋯⋯您说我太不警惕,既然这里是公寓,就必须小心留意各自的房间。每个房间都是一户人家,而走廊只不过是公用过道。"

陶展文的一句"太不警惕",管理员似乎以为是在指责自己工作不力,话语间变得有些激愤。

"当晚呢?"陶展文毫不在意地问道。

"像往常一样，在十点整就锁好了。"

"我以前都不知道还有后门。"

"您要去的是五号房间，走正门更近。您来这里只为找徐先生，自然不必穿过那条狭窄的巷子。"

"如此说来，当晚您只目击到从正门进出的人，对后门的情况则并不清楚？"

"是的。"清水从房间角落里拽过一张椅子，在陶展文旁边坐了下来。刚一坐下，椅子便发出喀的一声。"这张破椅子，一坐就叫唤。"

"如此说来，你所看见的只有我、朱汉生、五兴公司的社长，以及先前提到的矮小男人……"

"只有这些。后来我就钻进里屋了。"

"如此说来，就算你在这里时，也可能有人通过后门进出五号房间？"

听闻此言，管理员一脸沉思地说道："不好说啊……倘若有人进出，我或许能听见脚步声……嗯，当时并未觉得听到什么声音……等等，倘若有人蹑手蹑脚地进来的话，就完全没法察觉了。总之，正如我先前所言，您一定要知道，公寓的走廊是天下人的道路，这是我一直强调的。我在这儿并不是看管公用过道的，我的工作是接待租房子的人，以及来收煤气费、水费的人。"

清水一直给人沉默寡言之感，但一谈到自己的工作职责，就突然变得侃侃而谈、据理力争。

"您说的没错。"陶展文劝慰般地说道，"对了，那天晚上我是几点离开的？确切时间连我自己都记不清了，您还记得吗？"

"我也不记得具体是几点几分，但肯定刚过八点不久。至于您和朱先生后面的来客——也就是那位不知是哪家公司的社长——他离开的时间我倒是记得很清楚。"

"哦？"

"因为有它。"管理员扬了扬下巴，示意一旁的挂钟，继续说道："那个挂钟当时正好报时。它每过三十分钟就会响一下，但比准确时间要慢五分钟，所以那次报时其实是八点三十五分。那位社长听到报时声后，看了看自己的手表，可能是觉得时间有些古怪，一时显得十分困惑。于是，我就对他说，'这个钟慢了五分钟，现在其实是三十五分。'那位社长似乎恍然大悟，随即或许是发现自己的手表时间不准，貌似吃了一惊……反正我是这么觉得的。总之，他离开的时间是八点三十五分，只有这个我记得很清楚。"

"然后那个矮小男人紧接着就进来了？"

"就是前后脚的事儿。我当时正在整理账目，只是稍稍抬头看了看来人是谁。那人个子很矮，脸色黝黑——我只记得这些。他的脚步声在五号房间门外停了下来，随后响起了开门声。我在警署曾被盘问到那人的特征，但我只能回答——那是一个其貌不扬的矬子。"

"那人后来很快就离开了？"

"是的，但那个矬子离开时并未企图掩盖声音，而是急匆匆地从我眼前跑了出去。我当时已将账目整理妥当，正在考虑是否立刻进屋看电视，就那样呆呆地看着窗外的情形。我当时突然觉得，那个男人总有一天还会再次出现的。"

"然后你就进里屋看电视了？"

"后来的事我就不知道了，但既然'白宫'的女招待曾送来咖啡，想必还有其他客人。"

"一号房间的夫人曾证实，在很久之后，有人吹着口哨走进了五号房间。但不是叫咖啡时的客人。女招待是在《只有我知道》开始播放不久后送来的咖啡，所以应该是九点以前，而据说口哨声出现在九点半左右。"

"最后来的家伙最可疑，凶手可能就是那个吹口哨的男人。"管理员说道。

陶展文透过收发窗口向外张望了片刻，只见到两个女人和一个男人走出了大门，却并未见到有人进来。

今天其实只是直接从管理员口中再次证实了从小岛那里听来的情况，但来到现场以后，他觉得这里的确隐藏着某些线索，心里甚至涌起一种预感——此案定能告破。

十五、汇　报

当陶展文回到"桃源亭"时，小岛早已等候多时。他一见到陶展文，便迫不及待地开始了汇报。

"我找出新的洗钱人员了。"

"运气不错啊，在哪找到的？"

于是，小岛将今早与陶展文分别后的行动详细复述了一遍。

通过调查登记手续，小岛发现徐铭义最近卖掉的大桥街三巷的土地，目前名义上归一个名叫田村良作的人所有。他转而调查田村的住址，查明此人住在"港口公寓"。向打扫走廊的女人打听后，他得知田村住在五号房间。他一边敲响五号房间的房门，一边想徐铭义所住的房间也是五号。出人意料的是，房间里响起了一个女人的声音——"谁啊？"

"田村先生在吗？"小岛开口说道。

房间里有人开始走动，不久房门便被打开，一位年过三十但打扮漂亮的娇小女人走了出来，诧异地注视着小岛的脸。

"田村先生出去了。"那女人说道。

既然使用了"先生"这一称呼，可见这个女人并不是田村的妻子。

"出去了？真可惜，我本来有事想问他的。"

"是什么事？虽然田村先生不在，我可能也不了解……"

"没什么，其实……"小岛吞吞吐吐地说道，"是关于大桥街的土地……"

"土地？"那女人脸上露出难以置信的表情，但很快便换上一张笑脸，开口说道，"那我就不知道了，但田村先生应该很快就会回来……"

五号房间面向单身人士，里面只有一间屋子，而且有女人在，小岛不方便进屋等待。他希望能通过站着交谈，尽可能多地套取情报。确定这一方针后，小岛立刻装出一副圆滑而健谈的商人模样。

"最近变冷了啊！"他本想说些恭维话，但在当前场合下，这样做却显得过于唐突。那女人不仅没有随声附和，反而皱起眉头："请您留下名字，他回来后我会转告。"

"不用了。"小岛慌忙说道，"我与田村先生素未谋面，只是想问一下大桥街的土地卖不卖。"

小岛像商人一样来回搓手，但对方脸上还是一副想让他尽早离开的表情。

带着最后的希望小岛说道："那我以后再来问吧，但在我离开之前……"为了尽量演好一个毫无破绽的商人角色，小岛聚精会神，"我想知道田村先生是个什么样的人……嗯，若不配合对方的性格，也没法顺利地做成生意。所以，嗯……关于田村先生的性格、兴趣……怎么说呢，能否请您偷偷透露一二？虽然这个要求实在有些厚颜无耻……"

女人脸上终于露出恍然大悟的表情，似乎放下了一些戒心。随后，她恶作剧般地笑道："他的兴趣是打麻将和喝酒。"

"是吗？我不擅长麻将。"

"您不会打麻将？"

"是的，完全不会。"出于无奈，麻将高手小岛只有撒谎。他必须尽可能拖延谈话的时间。

"喝酒呢？"女人问道。

"喝酒也完全不行。"

"真是个模范男人啊，那你这样还要坚持做生意？"

"是啊，谁叫我一无所长呢！"小岛一边搔着脑袋，一边说道，"既然做生意……对了，田村先生的本职工作是什么？"

"他没有本职工作。"

"但总该有……"

"嗯，他工作不久就会辞职，辞职后再找工作。他曾在各种店里干过，比如商业公司、工厂、政府机关和报社。大致便是如此。"

"能否将他工作过的店名告诉我呢？或许我认识的某人就曾和他一起工作过。如此一来，就能找到话题顺利展开交谈……"

"这是不可能的，因为田村先生之前一直在东京，工作地点也都在东京，他也是最近才来这边的。"

"我常去东京，经常出入过各种公司，说不定……"

"是这样啊！"女人点点头，考虑了片刻，随后逐一列出田村工作过的公司名称，"他来这边之前刚刚辞职的公司是大桥食品，此前还有朝日产业，以及商经新报、田岛建材……他还在区政府机关工作过，好像是中央区，不然就是千代田区。或许还有，但我只知道这些。有您知道的吗？"

小岛将对方列举的公司名称牢牢地记在脑中。听到女人最后一句疑问，小岛连忙佯装失望地摇头说道："真不巧，我一个都不知道。"

"那就没办法了。"

"的确叫人失望。总之,我对大桥街的土地很感兴趣……就算多花些钱也无所谓,我一定要买到手。"

女人突然笑了起来,似乎觉得事情滑稽至极。

"您还真执着啊!"女人好不容易止住笑声说道,"但我认为,要买那块土地,您不应该找田村先生谈,因为那块土地并非田村先生所有。"

小岛一本正经地说道:"那是田村先生的土地,我已仔细调查过登记手续,没错。"

"或许登记手续上的确如此,但那不可能是田村先生的土地,因为他其实是个穷光蛋。眼下他好像正在帮他的叔父做事,所以那块土地一定是他叔父的。只不过出于某种原因,才在名义上归他所有。"

"哦?是这样啊!"小岛说道。

"所以,你若真想得到那块土地,就应该查查田村先生的叔父,而不是他本人。"

"原来如此。"小岛说道,"您认识他的叔父吗?"

"我不认识。"那女人说道,"但提起吉田庄造这个名字,在这一带似乎颇有名气。您应该知道吧?"

"啊,是市议员吉田先生!"小岛发自内心地叫出声来。

他此前的言语皆为伪装,故而并不觉得那是自己的声音。直至此刻,他才终于听见了自己的声音。

总之,如此一来便一清二楚了。田村良作是吉田庄造的侄子,而徐铭义的土地已卖给此人。前后情况完全吻合。

虽然田村不在,但这样或许反而更好。若是田村本人,恐怕不会说出吉田的名字。此前吉田之所以信赖徐铭义,最大的原因便是徐铭义能做到守口如瓶。既然如此,顶替他的田村也不会是个大嘴巴。这个女人可能与田村关系特别亲密，因此比较了解内情。而若是田村，面对素不相识的不速之客，一定会缄口不语，只用一句"那块土地不卖！"断然拒绝——真是太幸运了。

"谢谢，小姐。"小岛说道。

"不用谢，我也没帮上什么忙。"女人微笑道。

"那我以后再来。"小岛弯腰行礼，刚要离开，又突然若有所思地转身问道："冒昧，敢问小姐芳名是？"

"我？我叫白沢。"女人和蔼地笑道，"我是田村先生的朋友。"

走出"港口公寓"时，小岛几乎是手舞足蹈。其时已近晌午，他便暂时回了报社总部。

在总部，他向服务员要了一份炸虾盖浇饭，随后吸起烟来。正在这时，担任评论员的名叫桥川的男人走到了他身旁。

"小岛君，关于之前的报道……"桥川拐弯抹角地说道，"我并非对你要做的事有任何怨言，但你必须考虑到影响——就好像投入水中的石子会激起涟漪一样。不，我要说的是，你做事要有限度。我不是在指责你。幸好报道中没有指名道姓，所以影响不大。总之，那已经是极限，不要再继续追究了。你明白我的意思吗？"

"请等等，桥川先生。"小岛将刚吸了两口的香烟架在烟灰缸边上，随后说道，"我完全不明白你的意思。"

桥川无奈地假装咳嗽了一声。正在这时，服务员用托盘端来了炸虾盖浇饭。

"算了，这件事以后慢慢再说。"说着，桥川向走廊走去。

此刻小岛很想立刻跑去"桃源亭"，但他还有任务在身。报社制订了一项计划，准备针对防止青少年不良化的问题咨询各界意见，小岛也承担了其中的部分工作。他得到指示，可以随意选择一位合适的市议员来进行采访。于是，他便将目标定为吉田的部下——多津井议员。

面对报刊记者的采访，多津井似乎极为开心，显得兴高采烈。他沉浸在自诩为"大人物"的感觉中，表现得趾高气扬，对于上司吉田与这名记者之间的关系似乎一无所知。

"你要知道，我想说的是——问题首先在于教育，第二也是教育，第三还是教育。你明白吗？"

在发表了如此一通陈词滥调之后，多津井转而谈起地方政界的秘闻轶事。言外之意就是说，我们又不是PTA[1]的大婶，何必为孩子的不良化问题如此不遗余力？他说自己小时候也被视为不良儿童，但人在长大后自然就会改变，这是他的经验。如此一来，这便与他刚刚提出的教育至上论产生了矛盾。但老实说，孩子的问题是多津井市议员的一大难题，他自然不会对此执意追究。他更擅长处理的是大人的问题——也就是那些热衷于势力纷争的大人们的问题。

"你要知道，大原君可是一个不折不扣的野心家。你明白吗？作为一名记者，最重要的就是要有敏锐的直觉。"

这一话题转变正中小岛下怀。不出所料，多津井很快便开始批评起地方政界的各个人物，而且在每段话之后都要加上一句"你明白吗？"频繁得简直如同使用句号一般。

"无论如何还得看吉田先生的，这次也是。吉田先生若不出马，怎样都没办法。"小岛看准时机，抛出了诱饵。当然，他是边称赞吉田，心里边忍气吞声。

听到首领被人称赞，多津井满脸笑容："那当然了，要是没有吉田先生，早就爆发出无数难以解决的问题了。你明白吗？皆因吉田先生的品德，问题才能得以平息，可吉田先生却对此只字不提。注意，

---

[1] PTA：指家长—教师联谊会，英文 Parent-Teacher Association 的缩写。

吉田先生之所以是吉田先生,原因便在于此。境界不同,境界啊!如何?你明白吗?"

"是啊!"小岛违心地点头说道,"一见到他就能感觉出来。"

"他与那些乡下大叔可是有天壤之别的。"多津井变得愈发兴致勃勃,继续说道:"年轻时他便周游世界。他曾在美国留学,还在北京和上海待过十余年,战争时又在南方大显身手,等等。他的境界是非常高的。你明白吗?"

"他在中国时也像中国人那样生活吗?"

"没错。若想了解一个国家的民情,就得彻底变成那个国家的人。虽然这个道理浅显易懂,但要实际做到却很难。而能够做到这一点,才是吉田先生真正了不起的地方啊!你明白吗?"

"他打麻将也很厉害吧?"

随着话题变得轻松,多津井坐在扶手椅里的身体松懈下来:"提到打麻将,他可算是市议会中的第一高手。此外,无论在哪方面,只要事关胜负,吉田先生都很厉害。将棋也好,围棋也好,麻将也好,花牌也好……总之,他是一个不服输的人。你明白吗?"

"他会下中国的象棋吗?"

"嗯,我曾听吉田先生自吹自擂,说他在北京时,曾与一位中国高手较量,结果打成平手。他的棋力似乎很强。你明白吗?不过,也可能是因为我们不懂中国象棋,所以无论他如何大吹法螺,都不用担心受到挑战。别看吉田先生平日稳重,也是有孩子气十足的一面的……"

"既然在中国待过,想必那边的大人物中也有与他很亲密的朋友吧?"

"是的,我听他提起过很多人。而且,他还在南洋待过,与那边的华侨大人物也有深交。眼下就有一位华侨大富豪来了神户,听说那人主动提出一定要见见吉田先生。此人特意从南洋过来,自然不能不见而回。据说他们将在近期会面,大人物都很忙的。你明白吗?"

小岛从多津井家逃出后,立刻乘上计程车一溜烟地赶往"桃源亭"。以上便是小岛的汇报。半天行动下来,这些收获可谓不小。

十六、信　封

　　"吉田那家伙会下象棋啊，中国象棋！"小岛边说边观察陶展文的表情。

　　"那又如何？"

　　"那又如何？咖啡馆的女招待曾说过，那晚有客人和徐先生下象棋……"

　　"那还有吹口哨的男人呢……告诉你一个好消息吧，其实我也会吹口哨。但是，拜托你可不要把我会吹口哨的事告诉警察哦！"

　　"请不要开这种玩笑！"小岛的声音略带怒意。

　　然而，自方才起，陶展文似乎便一直处于沉思之中。

　　小岛暂时克制住搭话的欲望，转而开始琢磨起对陶展文的称谓。此前，在练习拳法时他称呼其为"师父"，平时则称"陶先生"。那么，追查此案时又该如何称呼呢？虽然曾听说陶展文在破案方面颇有经验，但最终，小岛还是选择了"陶先生"这一称谓，因为他尚未亲眼看见过陶展文在这方面有足以被尊为"师父"的成绩，所以，他认为二人目前处于平等关系。

"陶先生,怎么样?有没有发现什么线索?"

"线索这种东西很细微,和寻找洗钱人员是不一样的。到目前为止,仍然是一无所获。"

小岛貌似有些失望,但很快又重新振作起来,"总之,我要顺着吉田这条线调查。无论这条线多细多长,我都要耐心地追查下去。"

小岛表达完自己的坚定决心后,却发现陶展文的心思似乎正被其他事物所吸引。

"吉田这条线没用吗?"小岛泄气地说道。

陶展文仿佛终于回过神来,开口说道:"什么……哦,吉田这条线啊!是否追查由你自己决定,没准儿真能发现有趣的线索呢……但我……"说着,陶展文站了起来。

"怎么了?"小岛问道。

"我想再去一趟'鸥庄'。"

"请带我一起去吧!"说完,小岛看了看手表,"不过,能否等我十分钟……不,十五分钟?我必须打电话向总部提交原稿。"

"十五分钟吗……那我去外面呼吸一下新鲜空气,十五分钟后回来。"

看起来陶展文有点坐立不安。不得不说,对他而言,这种情况极其罕见。

走到美利坚码头的尽头再折返回来刚好需要十五分钟左右,但陶展文并未选择这条路线,因为他觉得,明确的路线和目的地并不适合他此刻的心情。他踏上海岸大街,一边仰望水上警署[1]的古式高塔,一边缓缓向东走去。高塔屹然耸立,极具威势。塔呈八角形,四面皆牢牢地嵌有时钟,但南侧面海的时钟从陆上是看不见的。西侧和正面

---

[1] 水上警署:主要负责管辖沿海岸一带治安的警察署。

时钟的指针正指向两点五十五分，陶展文对照了一下自己的手表，发现时间完全一致，可见塔上的时钟并不是装饰品。再向前走过渣打银行，东侧的时钟便映入眼帘，但这边的指针却指向四点四十分。他在此处驻足了片刻。手表指针继续转动，恰好指向三点，高塔正面的时钟也是三点，而东侧的时钟仍为四点四十分。也就是说，这个时钟出了故障，早已停止转动。

陶展文迈步右转，向小岛等待的"桃源亭"走去。

小岛正在吸烟，看来已将原稿通过电话提交给总部了。

"工作办完了？太潦草了吧？"陶展文说道。

"只是多津井的采访而已，用不着太长时间。我们走吧！"说着，二人一起前往"鸥庄"。

管理员清水正在拨打算盘。陶展文对着窗口说道："我们因事路过，有点儿累了，想在这里休息一下。"

"可以，进来吧！"

"不了，借用下五号房间吧，还是在旧友的地方更令人舒心。"

清水脸上露出不可思议的神情，口中说道："是吗？"

"五号房间锁着吗？"陶展文问道。

"锁着。"

"那借用一下钥匙。"

陶展文和小岛走进了五号房间。昏暗的房间里自然并未生火，虽然陶展文拉开窗帘，屋内顿时明亮了许多，但那种冰冷的感觉仍然驱之不散。

陶展文拿起放在客厅圆桌上的电话，说道："小岛君，那面墙上贴有电话号码列表，你帮我找找'白宫'的号码。"

"您找'白宫'有事？"

"难道你不想叫杯咖啡喝吗？"

小岛对此也很赞成,便向贴有电话号码的那面墙走了过去。徐铭义平时好像只会给固定的几个地方打电话,因此表里只写有十几行号码。第一行是华商俱乐部,除此之外几乎均为饮食店。而这再次充分表明,习惯于将所有事情划得一清二楚的徐铭义回到这里后,便不再接触任何生意上的事。表里也列有"桃源亭"的名字,但徐铭义记下这个号码的主要目的应该不是为了订餐,而是寻医看病。至于"白宫"的号码根本不用找,就写在第三行,想必经常拨打。

小岛读了一遍号码,陶展文拨动号码盘。

"'鸥庄'的五号房间要两杯咖啡……不,不是警察,警察已经撤离……我?我是徐先生的朋友,是来善后的……那晚来送咖啡的人是你吗?不是?那女孩儿现在在吗?是吗?不好意思,能否叫她送来……嗯,拜托了……你就是小春吧?没什么,我只是想问问那晚的事,毕竟徐先生是我的好朋友。绝对不是像警察那样审问你……是的,那拜托了……嗯?杯子?啊,用这里的,就像徐先生那样。"

随后,二人走进了卧室。

"徐先生就是倒在那张床上的,更准确地说是被人放倒的。据说凶器是铁丝,但到处都找不到。"曾以记者身份在现场了解详情的小岛向陶展文解释道。

"若是铁丝,随便扔在哪里都不会被人发现。"陶展文说道。

"警察好像在附近捡到了很多根铁丝,但却无法断定哪根才是凶器。"

"是吗,看来他们太拘囿于凶器了。"

"怎么样?"小岛说道,"名侦探的脑海中有没有浮现出什么灵感?"

"还没有。"陶展文在转椅上坐下来,手肘搭在办公桌上说道,"几乎毫无头绪。不过,正所谓'夫昭昭生于冥冥',我们不能放弃。"

过了不久，外面响起了敲门声。

"进来。"陶展文大声说着，从椅子上站起身来，向客厅走去。

一个可爱的圆脸女孩儿用托盘端着咖啡壶走了进来。

"你就是小春吧？"陶展文说道。

"是啊！"

"今年多大？"

"我？十七岁。"小春将咖啡壶放在圆桌边上，"杯子呢？"

"哦，我忘了。"

陶展文走进窗帘后的厨房，打开餐具柜，一眼便看到了咖啡杯。他取出两个杯子，在水龙头下冲净，随后回到了圆桌旁。

"那晚我们离开之前，来送咖啡的也是你吧？"

"是，我也记得呢！"

"小春，听说你后来九点左右又来过一次，是吗？"

"没错。我刚走出公寓，外面就响起了九点的报时声。"

"了不起。"陶展文称赞道，"竟连报时声都记得，真的很了不起。"

"因为声音很响啊！"小春天真无邪地答道。

"徐先生当时在里屋？"

"是的，他当时在下象棋。"小春流利地回答，"哎呀，我忘记倒咖啡了。"

"徐先生总是先把杯子摆在这张桌上吗？"陶展文一边观察小春倒咖啡的动作，一边问道。

小春歪着脑袋想了想，随后答道："也不是，有时在我来之后才拿出杯子。"

"那晚呢？"

"一开始就摆在这里了。而且，徐先生一直在下象棋，一次都没出来过。"

"徐先生当时什么打扮？"

"什么打扮……"小春露出为难的表情说道，"我没太留意……但和平时一样，头缠绷带，身穿红色套衫……"

"和平时一样吗？"陶展文嘀咕道。

"是的，而且'啪啪'地下着象棋。"

"听说你并未看见和徐先生下象棋的人，应该是被徐先生的身体挡住了吧……不过，徐先生下象棋时一般会趴在棋盘上，就像近视眼看书一样……你应该能看见那人所穿衣服的颜色吧？虽然你不会特别留意，但能否仔细想想？说不定能回忆起来。"

小春噘着嘴唇，貌似在努力回想，但最终还是放弃了。

"不行，我怎么也想不起来……因为我确实没看见。"

"你那晚恰好也在今天这个位置倒咖啡吧？"

"是的，就正对着那扇门。"小春指着客厅和卧室之间的门说道。

"那门一直都是半开着的……"

"所以能看见的我都看见了。徐先生我不就看见了吗……至于一起下象棋的人……"她眉头紧蹙，沮丧地摇了摇头，"确实没看见。"

"是因为被老头子挡住才没看见吧？实在太可惜了。"

"并不是因为被徐先生挡住了。"

"那是为何？"

"我刚想起来，是因为被墙挡住了，就是右手边的那面墙。"

陶展文似乎陷入了沉思。

"不管怎么说，没看见下象棋的人实在可惜。"陶展文的语气极为平淡，听起来毫无可惜之意。

"好，小春，"陶展文如同作总结一般，一本正经地说道，"你端着咖啡壶走进这个房间，倒完咖啡后就离开了。你的确看见了徐先生，他和平时毫无两样，但客人被墙挡住，所以并未看见——对吧？"

小春表情认真地一一点头，但到了最后，她有些不服气地噘嘴说道："我虽然没看见客人，但我看见客人的大衣放在这张桌子上。警察也问过我，可我无论如何都想不起大衣是什么颜色，感觉好像是灰色的。"

陶展文拿起咖啡杯，口中说道："就这样吧，谢谢。"

"对不起。"看到自己似乎并未帮上忙，小春觉得很不好意思，"我当时很着急，所以没太留意，只想尽快回去看电视。而且，离开时过于匆忙，还差点儿把插在门上的钥匙弄掉了。"说着，小春离开了房间。

"小岛君。"陶展文对一旁几乎已被遗忘的小岛说道，"快把咖啡喝掉，我们这就去管理员那里。"

管理员仍在拨打算盘。这个男人虽然相貌丑陋，但埋头工作时，倒也显得颇为沉稳。

陶展文向窗口里望去，问道："徐铭义平时怎么处理旧报纸呢？"

清水一脸惊讶，张口说道："旧报纸？他都是积攒起来卖给收废品的。"

"其他废纸呢？比如各种广告传单和没用的纸张。徐铭义的纸篓一直很干净，不会是一有废纸就扔进垃圾箱吧？"

"广告传单……啊，也是积攒起来卖掉。在收废品的人来之前，一直都堆放在仓库里。"

"收废品的人最近一次是什么时候来的？"

"这个……"清水脸上露出困惑的表情，思索片刻后说道，"记不太清楚了……啊，等等……我记过账。"

清水逐页翻看账簿，很快便找到了："是十一月末。"

他将记录摊给陶展文看，只见上面用难看的字写着"杂项收入（废品）一百三十五日元"，日期是十一月二十九日。

中国自古便有"敬惜字纸"的风俗。基于尊重文字的宗旨，无论是手写的还是印刷的，只要是有字的纸就不能浪费。像徐铭义这般年纪的人，幼时都曾被灌输"敬惜字纸"的精神。那时哪怕是不小心踩到练习后的习字纸，也会被教书先生用教鞭抽打。不过，郭沫若曾在自传中写过自己将《浮士德》的译稿用作厕纸一事，但这也只有像他那样的叛逆儿才做得出来。至于小心翼翼且一味墨守成规（虽然大部分都是自己制订的）的徐铭义，恐怕连将带字的纸随手扔进脏垃圾箱里都不敢。他最多只能将这些纸放在仓库中，等收废品的人来了，才在承受着良心谴责的同时，将其卖掉。

"仓库吗，带我们去那儿看看吧！"陶展文说道。

"您要找什么？"清水带着一副难以理解的表情，带领二人来到了仓库。

"信封，找信封。"

徐铭义不愧是整理狂人，连公寓的仓库也被他收拾得异常干净。

"空信封都在这边。"

经常进出仓库的清水立刻到安装在墙上的书架前翻找起来，最后找出了二十来个空信封。

"你找找这些。"陶展文将半数信封交给小岛，"找找带'辻'字的人名。"

清水打开了电灯。

"是找先前提到的那封威胁信吧？"小岛说道，"不过，威胁信的信封上会写上名字吗？"

"我看过那封已经遗失的信，信上清清楚楚地写着发信人的名字。既然是威胁信，倘若不知道发信人是谁，岂非毫无意义？"

虽然这里是仓库，但由于经常打扫，没有多少灰尘，手也并未弄脏。

"找到了！"陶展文喊道："那家伙叫辻村甚吉！"

小岛看向信封，只见上面写着"市内生田区中山手　辻村甚吉"，字迹很难看。

"中山手范围很大啊！"小岛说道，"不但没有住址，连在哪个巷子都没写。"

"没办法，只能对中山手展开彻底搜查了。反正已经知道名字了，而且，小岛君，这不正是你擅长的吗？"

"这个交给警察来做如何？这样或许会更快。"

"不。"陶展文摇了摇头，"我一开始就未将威胁信的事告诉警察……不行不行，我无论如何都不想将此事交给警察，但可以作为最后的手段，等到我们无计可施时再通知警察。暂时就让我看看你的本事吧！"

十七、葬礼通知

陶展文在"鸥庄"前与小岛作别,随即回到东南大楼,但他并未走进地下室,而是直接上了二楼。

他推开五兴公司的房门,便听到打字机清脆的响声,公司仅有的五名职员正在各自忙碌地工作着。

"请问社长在吗?"

"您是哪位?"一名正在摆弄计算器的男职员问道。

"我姓陶。"陶展文没有名片,对方神色中浮现出了一丝轻微的戒备。陶展文心想,此人应该没来过"桃源亭"。

"您有什么事?社长正在会客。"

"啊,没什么大事,只是他的朋友徐先生的葬礼已经定在明天下午两点,地点是真善寺,请你转告一下。"

"就这事儿?"对方似乎终于放下心来。

正在这时,一个身穿华丽条纹西服的中年男人从会客室里走了出来。此人虽然衣着整齐,但全身整体线条显得十分松垮,给人一种落魄的感觉。而且他目光黯淡,眼圈发黑,乍一看上去似乎体态轻盈,实则早已颓废——这都逃不过陶展文的双眼。

李社长将那个男人一直送到了会客室外，说道："那么，赴约前我会提前联系席先生的。"

"能再见到您真是开心，今后还请多多关照。"说完，身穿条纹西服的男人便离开了。

过了会儿，五兴公司的社长注意到了站在一旁的陶展文。

"哎呀，这不是陶先生吗……"说着，他迈步上前，伸出手去。陶展文并不喜欢握手，因为拳法家的手格外粗硬，他担心一握手就会令对方感到不适。可是，对方已经伸出手来，自然不能不握。

"徐铭义的葬礼已经安排好了，我是来通知您的。明天下午两点，地点是真善寺。您若是很忙，不出席也没关系的。"

"我当然要去的。"李社长说道，"徐先生可是我的老朋友。两点对吧？对了，真善寺在哪儿？"

陶展文掏出笔记本，打算为其画明路线。

"请进来坐吧！"

站着画图很不方便，陶展文便顺应社长的邀请，直接走进会客室，将笔记本放在桌上，开始画示意图。

他不经意地瞥向一旁，发现桌子边上放着一张名片。

田村良作

头衔的位置已被人用三根线仔细画掉，无法辨认，想必是他以前工作过的公司名称。左端的住址也用一根线画掉，旁边用小字写着新住址。陶展文斜眼盯了片刻，随即醒悟到自己根本无须辨认，又继续画起了示意图。关于田村的住址，小岛应该知道。

"能否请您代我联系席先生呢？虽说他是大忙人，也许无法出席……总之，我听说他们是老朋友，所以还请代为转告一下。"画完示意图后，陶展文补充说道。

"我会转告他的，但不能保证他一定出席……毕竟他向来很忙。刚才离开的客人其实也是为邀请席先生而来的，好不容易才将时间定在了后天晚上。"

※

席有仁猛地睁开眼睛。他做了一个可怕的梦，醒来后才意识到这里是日本，自己正躺在酒店床上睡午觉。在南洋时，睡午觉是他每天的习惯之一。酒店的暖气足够温暖。他下床披上睡袍，拉开窗帘，令人目眩的光线瞬时涌入房间，仿佛要驱走阴沉的梦境。

席有仁在窗边的扶手椅上坐下，透过玻璃眺望窗外的景色。此时虽是冬季，山体却一片翠绿，天空也蓝得异常剔透。这里并非南洋。街上的男男女女也都穿着沉沉的大衣，肩膀被压得僵硬——也许他最近睡不好，是因为身穿大衣之故。

席有仁点了根烟，大口吸起来。是的，他梦到了槟榔屿——在豆腐店的小仓库里，他目不转睛地呆望着棚顶的四方窗子。没有任何事可做，仰望框在四方窗里的天空就是他唯一的工作。他曾在小说中读到过这样的情景，是一本描写监狱生活的小说，其中便有写到透过四方窗子仰望天空的情节。不知是哪里的孩子放的风筝恰巧映在了那块小小的四方荧屏上，一大把年纪的囚犯们便像孩子一样欢呼雀跃——小说中描绘的似乎便是这一情景。等风筝飞出视野，囚犯们便开始互相讲述各自的身世……然而，在槟榔屿豆腐店的小仓库里，就算席有仁想说，也没有听众。他那时是抗日救国委员会的副委员长，在日军占领新加坡时,他逃到槟榔屿躲了起来。一些抗日团体的主要干部没来得及逃走,被捕后均死于枪下,而他则躲在旧友豆腐店的小仓库里,仰望着四方天空,度过了一年多的时光。

席有仁缓缓吐出一口烟,自言自语道:"很久没梦见槟榔屿了,我竟然开始逐渐忘记自己还曾经历过那样的岁月,不能忘啊!"

那时他常常听到爆炸声,但那块四方天空实在太小,从不曾见有飞机掠过。席有仁仰望天空,擅自在心中决定——若有两架飞机接连飞过那块天空,就会有好事发生。他觉得,相比什么都不想,这样还能有些奔头……他生怕日本人不知何时就会来抓他,内心整日被恐惧所占据。

如今,席有仁身在日本。所有日本人都对他无比恭敬,不仅是酒店的员工,甚至连日本代表性的实业家、政治家乃至高级官员均纷纷盛情款待。这是他在槟榔屿时做梦都无法想象的。

桌上放着一封英文信,那是东京的某位著名政治家寄来的。席有仁已在午睡前读过,信中主要针对马来西亚创设炼油工厂的计划,推荐了某家在出口成套设备方面具有丰富经验的公司。他曾于数年前在新加坡见过这位政治家,但二人之间并无直接利害关系。信的末尾处还补充了几句,向席有仁介绍了他的一位定居神户的政界朋友——吉田庄造,希望席有仁一定见见他。

……吉田庄造氏曾久居中国,精通中文以及中国习俗,更于战时旅居新加坡数年,研究当地产业经济,胸藏独特经纶。鄙人尝闻,其欲携手适宜之事业家,振兴南洋产业。

说起来,吉田庄造今早曾打来电话,表示中午会派人过来,却被席有仁以有事为由拒绝了。席有仁曾在新加坡结识了一位纺织公司的社长，如今受其所邀，必须去趟大阪。吉田随即询问哪天方便，席有仁便让他过后同五兴公司联系。

"所有人都很有礼貌，但当我在槟榔屿的豆腐店里担惊受怕时，这些人又在做什么呢？这家酒店的服务员或许就曾在我家中搜查，至于吉田庄造，战时正在新加坡……"

席有仁思索片刻，猛地挺直腰板。自己刚刚竟陷入了无聊的感伤之中，或许是还未从午睡时的梦中醒来。世界不停在变，今天就在眼前，而自己必须与其赛跑。应该认真考虑一下与日本进行技术合作的事了。吉田曾经暗示，不仅技术，连资金他也可以分担。那他究竟要从哪里筹措资金呢？不管怎样，这便是现实，它嘲笑着横亘眼前的槟榔屿的梦境。

席有仁看了看时间，现在立刻出发前往大阪早了些，便坐到桌前，拿起钢笔，准备继续写《东瀛游记》。这时，电话铃响了。

是五兴公司打来的。

"嗯，明天……"席有仁对着电话说道，"不，还是定在后天晚上吧。"

对方是来询问席有仁何时赴吉田庄造之邀的，说是吉田的代理人正在五兴公司。虽然明晚并无安排，但无须如此匆忙。对于合资企业一事，席有仁并无多大兴趣。放下电话后，他便开始在原稿上写了起来。

> 日本人通常很殷勤且亲切，看上去与占领南洋时的军人简直是完全不同的种族——到过日本旅行的人一定会如此描述。我如今来到日本，证实此言的确非虚。不过，相较于日本人的殷勤，我觉得更应学习的是他们的勤奋。他们真的非常勤奋……

写完两页稿纸时，电话铃声再次响起，还是五兴公司打来的。此番是为通知徐铭义的葬礼。

"对我而言,徐先生是一位难忘的人,请一定让我出席。地点在哪儿……知道了,那我明天一点半左右去东南大楼。"

席有仁想起的是二十多年前的徐铭义,但从那时起,徐铭义便已给人老态龙钟之感了。席有仁想起了那天他们一同观看赛犬的情形。

十八、恳　谈

　　关于席有仁巨富的故事，在华侨中间已成为一个传说。在葬礼上，陶展文无数次听见有人窃窃私语道："那人就是南洋的席有仁。"
　　葬礼结束后，与徐铭义关系亲近的人乘坐巴士前往火葬场送行。陶展文自不待言，五兴的社长和南洋来客亦一并同行。
　　回程的巴士上，陶展文坐在席有仁身后，席有仁则与李社长并排而坐，蜷着身子，似乎很冷。
　　"您就是席先生吧？"陶展文对前面的人说道。
　　南洋富豪回过头来，苍老的脸上一副进退自如之态，看得出来他早已习惯被陌生人搭话。
　　"我叫陶展文。"陶展文自我介绍道，"我们虽然是初次见面，但每每听到您的名字，我就会想起令人怀念的过去。也可以说，那是青春的回忆。"
　　席有仁似乎仍未决定是进是退。
　　陶展文毫不在意地继续说道："年轻时我曾在嘉兴中学当过教师。"

"噢！"听闻此言，南洋富豪情不自禁地低声叫道。

"由于年轻，我那时还很单纯。当然，那件事并非我一人之力。"

席有仁扭过身来，与陶展文握了握手，说道："我不会忘记嘉兴中学的事的，我不是一个忘恩负义的人。这位李源良先生以及嘉兴中学的各位我都会终生铭记于心。"

"我曾听当时的同事提过，战后不久，您便向学校捐赠了图书室建设资金。"

"我并不认为那些钱足以报恩。"

席有仁想起了曾经艰苦奋斗的岁月。当他濒临破产时，在财政方面伸出援助之手的是上海兴祥隆银行的李源良，而成为他精神支柱的正是嘉兴中学的声援运动。席有仁的出生地紧邻嘉兴，在他面临危机之际，老家中学的教职员工和学生中间发起了"拯救席有仁"的运动。席有仁当时在马来西亚生产"八仙牌"运动胶鞋，于是，嘉兴中学便挂起"爱穿八仙牌胶鞋"的标语，并在瞬间蔓延至周边地区。那时嘉兴一带的商店里的胶鞋，全都只卖"八仙牌"的。不过虽然营业额有所提升，但就整体而言，帮助仍很有限。与兴祥隆银行的大输血不同，这一运动并不能令席有仁起死回生。然而，老家发起的支援运动却在精神上令他振奋不已，这是一种宝贵的恩义——他无论如何都无法忘记这些，而此刻，当时嘉兴中学的教师就坐在他的身后。

"您如今在哪儿高就？"席有仁问道。

"我在东南大楼里开店。"

"哎呀，那不是和李先生所在的地方一样吗？"

"我在地下室里开餐馆，店名叫'桃源亭'。"

"是吗？那我有空得去坐坐。我现在每天都会去趟东南大楼。"

"既然如此，能否请您稍后就去坐坐？虽说是餐馆，但规模并不大，只是个大众食堂，做些拉面、馄饨之类的，想必不太合您的口味。"

"不会,我还经常在新加坡的路边摊吃饭呢!怎么说呢,我并不习惯大餐厅里的考究饭菜……所幸今天无事,稍后就去吧!"

一直从旁倾听二人对话的五兴公司社长插嘴说道:"既然如此,稍后坐我的车一起去东南大楼吧!这辆巴士应该只到真善寺。"

三人到了东南大楼,陶展文便带领南洋的豪商前往地下室的"桃源亭"。五兴的社长由于还有很多文件必须签署,便与二人作别,回了二楼。

"李先生,我稍后就去您那儿。"分别之际,南洋豪商抬手至肩示意道。

地下室是大楼的羞处。说得文雅些,便是大楼的厨房——若将大楼比作剧场,那么地下室便应称作后台,总之是不能展示给客人看的地方。这里管道裸露,攀附在走廊低矮的天花板上爬行。陶展文路过"猎户座餐馆"时,在救生圈上重重地打了一拳。由于下班时间临近,地下室的各家店铺都在忙着准备。走廊上的人也都一路小跑,步履匆匆,的确充斥着仿若厨房或后台般的忙碌之感。然而,席有仁这位著名的富豪身临其境,却让人感觉不到丝毫违和感,委实奇妙。他就好像是生活在这里的人一般,显得悠闲而沉稳。

走进"桃源亭"店内,席有仁环顾一周后说道:"这次,我要发起'爱吃桃源亭拉面'的运动。"

"来的人太多,该没地方坐了。"陶展文笑道。

"李源良先生经常来吗?"

"五兴公司的社长啊……像他那样了不起的人向来不会光临这种地方。我店里的顾客几乎都是身份低微之人,李先生还不曾来过。虽然同在一幢大楼,但我对他并不了解。不过他来这边好像还不到半年……他和您是老朋友?"

"是的。"席有仁闭上双眼,"在我面临困境——也就是濒临破产时,是李源良先生帮助了我,他当时是兴祥隆银行的董事长。凭借兴祥隆银行的贷款,我的企业才得以起死回生,真可谓久旱逢甘露。当然,对于嘉兴中学的运动,我也十分感激,不过……"

席有仁的声音庄严而肃穆,仿佛说这些话时必须正襟端坐才行。

"若非李源良先生的援助,瑞和企业早已倒闭,也就不会有我的今天——那已是二十五年前的事了。"说着,他睁开了双眼。

陶展文叫来健次,要了两碗特制拉面:"这是特殊拉面。您该知道,其特殊之处并不在于分量,而在于厨师用心其中,所以会更加好吃。"

兴祥隆银行的名字陶展文亦曾听过。作为民营银行,它是一家具备了相当程度的近代化体制的金融机构,而并非那些仅仅略胜于钱庄的破烂银行。他曾经听闻,这家银行在战争爆发不久后便关门大吉。当时他还隐约想象,银行虽然停止了上海的业务,但想必会在内地继续营业。但至于后来究竟如何,陶展文并不了解经济界的动向,因此并不清楚。

"战争爆发后,兴祥隆银行怎样了?"陶展文问道。

"继续在重庆从事一些琐碎杂务。"席有仁眼中浮现出痛苦之色,"战后,期盼已久的回归上海终于成为现实,但很快就倒闭了……真的是一瞬之间。因为战争刚刚结束,我也力有未逮。战时我抛弃事业,四处逃难,战后只能拼命填补那几年的空白。对于兴祥隆银行的倒闭,我只能茫然旁观。不过,我仍拜托朋友,努力联系李源良先生……可是,他将最后的希望寄托在了美国的金融业者身上,远渡美国后再未回来。事业不顺,依照他的脾气,就算能回来,他也不会回来啊!"

"真是个懦夫啊!"

"不,应该说他责任感太强。每当想起兴祥隆银行倒闭的真相,强烈的悲愤就会令我撕心裂肺一般痛苦。"

说到这里,席有仁突然住口不语。他觉得自己对初次谋面的人讲了过多朋友的事。其实，李源良的故事并非秘密，而且不应耻于被人知晓，反而值得被夸耀。

身为银行家，培养民族工业是李源良的理想和目标。战争结束时，席有仁曾在报上读到过一篇颇为斗志昂扬的论文——《如何振兴民族产业》，作者正是李源良。他朝着这一目标全力前进，向众多中小型纺织工厂提供资金援助。然而，民营纺织工业在战后却在原料上步履维艰。在国内，收集起来的棉花全部被国营工厂侵吞，进口棉花亦不例外。战后的贸易被官僚资本垄断，民营纺织工厂只能通过不可靠的黑市获取原料。而与政府机关从农民手中如同掠夺般征收后提供给国营工厂的棉花相比，民营工厂从黑市获取的棉花价格要高出数倍。工业用煤也是以政府燃料委员会制定的统一价格提供给国营工厂，每吨三万元[1]，民营工厂则只能依靠自己的力量获得燃料，而统管之外的煤炭价格甚至高达每吨三十万元[2]。因此，民族工业终至精疲力竭，颓然倒地。援助他们的李源良难道是傻瓜吗？

"李源良先生为了帮助民族产业，向他们提供了巨额贷款。然而，他们最终还是饮恨败北。战后上海的经济状况，想必您也清楚。李先生倾家荡产……最后光荣没落。"

这时，特制拉面端了上来。

"哦，这肯定很好吃啊！"南洋富豪盯着升腾而起的热气，开心地说道。

"只是普通厨师做的，算不上好吃。"

说着，二人吃起了拉面。

"不过，李先生现在过得也不错吧？"陶展文喝了一口汤，开口

---

[1] 此处指民国时期的货币。
[2] 同上。

问道。

"只能说凑合。"说着,席有仁将一块烤猪肉送入口中。

"这自然是席先生您尽力帮助的结果。"

"若说是报恩就显得假惺惺了,我只是通过李先生采购必要的物资而已。"

"瑞和企业的采购数量想必很惊人吧?"

"没什么大不了的。"席有仁谦虚地说道,"而且只是刚刚起步。"

"哦……"

"由于内战,李先生从美国回到香港后仍无望重建事业,在那里一时无所事事。事业失意令他一直隐居度日,我无论如何寻找,都未能与他取得联系。"

"他那个时候想必过得十分艰难。"

"是啊。"席有仁喝完剩下的面汤,继续说道,"我当时也因自己的事忙得不可开交,其间终于得知了李源良先生的下落。他以前曾在上海结识了一位日本人,听说在那位日本人的帮助下,他去了日本。曾在我公司任职的一位经理在香港偶遇李先生,便写信通知了我。据说那位日本人是塑料相关厂商,希望李先生去负责面向东南亚的出口业务。得知他找到了稳定的工作,我也十分高兴……后来,我们便开始往来书信,重温旧交。我一直在信中激励李先生。当时我还腾不开手来开拓外贸业务,但我打算进军这一行。所以,我经常告诉李先生,要他再等等,先保持联系,到时一起做大买卖。"

"如今您的愿望可算是实现了。"陶展文说道。

"还不到一年呢!那时刚好李先生的那位塑料制造商朋友不幸去世,其接班人认为将出口部门委托给大公司更为有利。于是,李先生便毅然辞职,来到神户重整旗鼓。"

"虽然有陈词滥调之嫌,但还是那句话——好人终有好报。"

"不。"席有仁说道,"现在的生活绝对不适合李先生,他应该过上更加富足的生活才对。"

"说得也是,在这个世界上,不能止步不前。"陶展文轻易让步,并未坚持自己的意见。

"我前几年去过美国,亲眼看见曾经扼杀民族产业的那帮家伙——也就是当时的官僚资本家一派——在旧金山一带悠闲地玩乐度日。他们做了那么多坏事,可还是没有遭到报应。"

"我也不喜欢政治家和官僚那帮家伙。"陶展文想起自己以前在国内时的事情。他对掌权者的憎恨和厌恶是发自内心的。

"政治家这种东西,全世界无论在哪儿都一样。"席有仁说道。

"没错。"陶展文点头附和,"在日本也一样,有很多牵涉利权的龌龊勾当。"

"我最近去过东京,见到了很多政治家。"席有仁说道,"那些人主动找我谈了很多事情,有人打算在事业上与我合作,有人企图向我推荐某些产品,等等。当然,这些人也都是为着各自的利害关系而来。"

"请您小心,其中的一些人是很过分的。"

"东京的某位有权有势的政客向我介绍了吉田庄造这个人,您认识吗?"

听到吉田庄造的名字,陶展文眼珠不禁微微一动。

"我只听说过他的名字。"陶展文答道,"他是一个非常有名的地方政客,听说十分能干,详情我就不清楚了。"

"无论如何,我在日本的生意一定会通过李源良先生来进行,我早已决定全面信任李先生的判断……所以,如果那些人想同我做生意,就只能找李先生谈。"

正在这时,电话铃响,健次拿起听筒,随后喊道:"是小岛。"

陶展文将听筒放在耳边，立刻传来了小岛急不可待的声音。

"我已找到辻村甚吉的住处，但那家伙不在，人失踪了……听说在星期一早上便已下落不明。他住在公司的单身宿舍，我也去他的公司问过，但对方毫无头绪。有同事说他最近显得有些消沉，却不知具体原因。总之，我会继续调查辻村……好的，一有线索自然会通知您。"

陶展文挂断电话，回到桌旁，只见席有仁已经拿起大衣，站了起来。

"李源良先生还在等我，今天就先告辞了。承蒙款待。我还要在神户待一段时间，应该还会过来，到时候让我们再聊聊嘉兴的往事吧！"

十九、乡村祭礼

在寒冷的天气中一动不动是很难忍受的,因此,冬天的祭礼反而充满活力。就算只是看着村民们人声鼎沸地挤来挤去,也会觉得身体变得很暖和。

对乔玉而言,这里的所见所闻皆属稀罕,令她非常开心。而丈夫马克在与老朋友驹泽氏谈心,同样也十分高兴。

一名脸蛋儿红扑扑的女中学生好奇地走近乔玉,口中蹦出一些生硬的英语单词,似乎打算现场练习一下在教室里学到的英语。她貌似想要说明什么,却无法表达清楚。乔玉觉得十分麻烦,便从手提包里掏出那本笔记本,开始笔谈。

——汝幾歲?

"汝"是只有古文中才会出现的艰涩词汇,但出人意料的是,在日本却能通用。若是用现代口语写下"你"这个简单的词语,对方反而无法理解。

——私十四歲

红脸女中学生如此写道,然后突然用英语大叫"Fourteen",

随即捧腹大笑。起初，乔玉以为"私"是"我"的笔误，如今却已知道，"私"是日语中最普通的第一人称，通过多次笔谈的经验她已领会到了这一点。

马克夫妇食宿均在驹沢氏的叔父家里。一家人都很和蔼，虽然语言不通，但通过驹沢氏的翻译，双方心意相通，众人都沉浸在和谐愉快的气氛之中。果然还是乡村好，人们也都很淳朴。乔玉试着进行笔谈，意外地发现驹沢氏的叔父写得一手好字，不禁大为吃惊。

"我想起以前在国内，每逢假日，我就会回乡下去见爷爷。爷爷也写得一手好字呢！"

"是吗？"马克对这种事并不关心，生于旧金山的他与中国乡村之间毫无干系。

按照最初的计划，他们本打算尽量于当天返回，但由于过得很愉快，便延长一天，一直待到了星期二的午后。等到二人回到神户时，已经时近傍晚了。

美丽心灵的碰撞——如若扩展开来，便能达到人类之爱的高度吧！在与驹沢家众人告别之际，乔玉的心绪前所未有地染上了哲学色彩——只怕再也不会见到这些人了，不过，今后遇见的人肯定也是好人。当火车抵达三之宫车站时，乔玉仍然沉浸在这种甜蜜的感伤之中。

"已经五点半了。"马克站在站台上，看着时钟说道。

"是啊，想必办公室已经关门了。在东京也是这样，一到五点，所有人都下班回家了。"

"那就明天再办吧！"

"只能如此了。"

"再逛逛街？"

乔玉微笑道："先前你夜里独自出门逛街，竟然丢下我一个人孤零零的。今天我也要独自走走，把你一个人丢在旅馆里。"

说着，二人挽起胳膊，走下车站的楼梯。

不知是否是因为脑中还残留着参加乡村祭礼的兴奋感，乔玉感到脑袋发沉，她坚信这是痛快游玩之后愉悦的疲劳感。然而，她又觉得脸颊发烫，身上发冷。

"你不觉得参观完祭礼后会很想去冒冒险？"为了赶走轻微的头痛，乔玉故作精神地对丈夫说道，"仿佛无论做什么事都没人管，都是能够被允许的……"

乡村的祭礼是不必拘泥于礼节的。唯独在这一天，面对平日高高在上的长辈，村里的年轻人才敢借着酒劲大胆地胡搅蛮缠——解放感！一年只有一两次的解放感——不知不觉间，乔玉也受到了这种氛围的感染。

"是啊，让人很想做点出人意料的事。"马克说道。他似乎也或多或少地受到了乡村祭礼的影响。

乔玉想要微笑，太阳穴却隐隐作痛。

马克将车票递给站务员后，转身望向跟在身后的妻子。直至此时，他才有所察觉，连忙问道："你的脸好像在发烧啊，没事吧？"

"没事。"

"是不是昨天驹沢劝你喝酒喝太多了？"

"哪儿有！"

二人钻进等在站前的计程车中，将此前所住旅馆的名字告诉给了司机。

二十、忙碌的一天

星期三一大早，小岛便开始精力十足地四处奔走。他先去了辻村工作的公司调查情况，对方也因担心辻村而向其老家询问过，老家方面却表示辻村并没有回来过。辻村的老家在播州，据说，辻村的姐姐收到公司发去的电报后，震惊之下，立刻借用村公所的电话，反来向公司这边询问详情。

小岛到公司的人事科抄录了辻村的简历。那是一份平淡无奇的简历——高中毕业，在老家的农协工作了三年，随后来到神户，进入T化工股份有限公司。无奖惩，公司的评定也不好不坏，总之极其平凡。

随后，小岛又找到辻村的同事打听。一个名叫河野的男人与辻村关系不错，他悄悄告诉小岛，辻村最近常去一家酒吧，似乎迷上了那里的女招待。不过，他并不知道那女子的姓名，甚至连酒吧的名字也不清楚。

小岛通过电话，向"桃源亭"的陶展文汇报了以上情况。

"其他事一经查明，我会立即汇报。"

"我下午要参加葬礼，晚上再说吧！"陶展文答道。

但晚上小岛又不太方便。一位朋友要调到东京工作，晚上有个欢送会必须去参加。不过，那位朋友预定乘坐当日的"银河号"出发，因此，欢送会最迟到八点便会结束。

"那我八点半左右去您那儿，您那时还在吧？"

"我一般都会待到九点左右。"

挂断电话，小岛又去了"港口公寓"。虽然陶展文拜托他查明辻村的去向，但他是一名独当一面的报刊记者，拳法姑且不论，就此案而言，他有自己的线索，因此并不打算一味听从陶展文的指令。他打算去见田村，以大桥街的土地为切入点，婉转地打探消息。但不巧的是，田村的房间锁着。他敲了敲门，也无人应答。

小岛决定择日再来，便先回到了报社。午饭前他写完了晚报的报道，发现稿源还是太少，必须补白。于是，他决定揭露以吉田庄造为中心的渎职深涡一事。当然，就目前阶段而言，还不能写得很直白，只能停留在模糊暗示的程度。或许桥川评论员又会摆出一副意味深长的表情说"你这样会很麻烦，还请自重啊！"不过，管他呢！

写完报道，小岛再次跑出了报社。

这一次，他的目的地是鞋店二楼，也就是被徐铭义当作事务所的地方。那里并排摆放着两张桌子，相当于徐铭义参谋的日下部此时正将手肘支撑在其中一张桌上，吊儿郎当地挖着鼻孔。

"徐先生实在是可怜啊！"小岛开口说道。

日下部像是突然想起了什么，看了看手表说道："对了，葬礼在两点开始，我也必须得去。"

"也是，在工作上，还是你和他的关系最亲近了。"

"也不是啦。徐先生可是一个神秘主义者，我不知道的事还有很多。"

"哦……"

"我虽然和徐先生并排坐在这里办公,却丝毫不知他的钱究竟从哪儿来,又到哪儿去了。"

"这么说,除你之外他还有其他生意伙伴?"

"那就说不准了。我只是负责介绍不动产方面的相关事宜,或者提提意见。"

"借债方面呢?"

"啊,那都是徐先生一个人在做,与我无关。"

小岛想,不管怎样要尽量打探出这个男人与徐铭义在金钱方面的关系,又问道:"这里没有徐先生的账簿吗?"

"徐先生总是将所有账簿和字据带回公寓,这边什么都不放。那位老爷子可是非常谨慎的。"

"警察已经检查过房间,却发现账簿不见了。"

"好像是这样,但不是说借据和期票之类的都还在吗?"

"但却无法弄清是否全部都在,毕竟账簿遗失,也就无从核对数目是否吻合……"

"那倒也是,就算有一两张遗失,也没人知道。"

看来想通过日下部本人调查其与徐铭义的利害关系是不可能的了。从日下部口中只能问出与他自己无关的情报,要想调查此人,还得从其他方面着手。

"你是否知道有谁想杀徐先生?"小岛单刀直入地问道。

"怎么会!"听到如此出乎意料的问题,日下部慌忙摆手。

"倘若有人想杀徐先生,只怕也是生意方面的吧?比如出于金钱问题。"

"也许吧!"日下部说道。忽然,他的嘴角微微一动,似乎想起了什么。

若是小岛忽视了这一幕,日下部一定会缄口不语。小岛虽然嘴上未说，却用满带疑问的目光盯着对方，仿佛在问——"你想到了什么？"日下部无奈，只好老实交代。

"是关于清水的。"日下部显得极不情愿，口中含混地说道。

"哦？清水？那所公寓的管理员？"小岛鼓励着对方继续说下去。

日下部犹如被人在背后推了一把，虽无意前行，却仍不得不迈出脚步。他继续说道："我曾听徐先生发过牢骚，说公寓的账目有问题……嗯，数额很小，也就三五千日元……"

"是清水在捣鬼吗？"

"是的，但他似乎很快就能填补亏空，好像连一万日元的亏空都不曾有过。"

"徐先生知道此事？"

"他对此貌似睁一只眼闭一只眼。清水好赌成癖，常玩花牌。他是个很厉害的赌徒，虽然他用公寓的钱押注，但很少会输。纵然输了，也能很快赢回来。所以，就算出现小亏空，他也能很快填上。"

"据我所知，徐先生是一位非常严格的人——不，与其说严格，不如说是一丝不苟。要是雇工做出这等事来，我想他是不会睁一只眼闭一只眼的。"

"是啊，我也觉得奇怪……他们之间肯定有些文章。"

"你对此有无头绪？"

"毫无头绪。"说着，日下部再次看了看手表，"再不去参加葬礼就迟到了。"

"你了解清水的来历吗？"小岛也急不可耐地问道。

"不清楚……但他应该是尼崎的人没错。对了，在来公寓之前，他好像在尼崎的艾柯糖果厂工作。"

离开鞋店二楼，小岛向三之宫车站走去。他打算乘火车前往尼崎。他知道自己现在的行动已经明显偏离了报刊记者原本的职责，但事到如今，若不顺着线索"调查"清楚，他便无法静下来——总之，先去尼崎调查清水，然后立刻返回，追查田村，要着重调查其星期日晚上的不在场证明。而且，也要调查吉田身边的人。另外，还要记得找到不动产商们调查日下部。然后便是同事的欢送会——看来今天会是近期来最忙的一天了。

二十一、五号房间波澜再起

一过八点，东南大楼地下室的"桃源亭"便罕有客人光顾，显得空荡荡的。这天八点以后，店里也只有一位客人，而且似乎也不能完全称其为客人——安记公司的主人朱汉生本来便如同陶展文的兄弟一般。

"老陶，你可真厉害。"朱汉生一边用汤匙捞起馄饨，一边以挖苦的语气说道，"顺利攀上了一位富豪，看来你终于抓住发财的机会了。"

"今天在葬礼上你都看见了？"

"岂止看见，我在巴士上全听到了，我当时就在你们身后。在嘉兴中学当过教师？算盘打得不错嘛。若要巴结席有仁，只需提起嘉兴中学的名字就能手到擒来。对你的这个谎言我真是佩服，了不起。"

陶展文庄重地抱着胳膊，严肃地说道："宁其生而曳尾于涂中乎！"[1]

"不过，席有仁与二楼的五兴公司之间应该有特别合约，想插一

---

[1] 宁其生而曳尾于涂中乎：典出《庄子钓于濮水》，意思是宁愿隐居，安于贫贱。

脚只怕很难。若是能进展顺利，让我也分一杯羹吧！"说着，朱汉生将馄饨送入口中。

"我说汉生，你这样悠哉悠哉地吃着馄饨就行了。素贞会替你牢牢抓住发财机会的。"

"什么啊，她去香港只是为了购物，要买女儿的结婚用品。"

"哦？真性急啊！"陶展文说道，"你家小淑与我家羽容是同班吧？如此说来，她才十七岁。哎呀哎呀，已经开始准备出嫁了？看来我也得早作打算了。"

"说什么呢……"朱汉生不满地噘起嘴巴，他似乎知道自己在口舌上并非陶展文对手，便干脆放弃反驳，专心致志地吃起馄饨。

朱汉生的妻子素贞大约一个月前去了香港，表面上说是去香港的亲戚家玩，顺便购物，但只要是认识朱汉生夫妇的人，都知道那只是借口罢了。外贸公司安记的生意颇为兴隆，但究其原因都要归功于朱汉生夫人的运筹帷幄，这几乎已是公开的秘密。朱汉生是个冒失鬼，兼之天生慢性子，却娶了素贞这样为人可靠且头脑灵活的女士做妻子，真可谓是上天的巧妙安排。这次素贞飞去香港拜访亲戚及购物等只是表面目的，并没有人当真如此以为。

朱汉生之所以能穿上平常的衣服，勉强维持一家之主的形象，都是妻子的功劳。陶展文等人一直都兴致盎然地关注着，若是妻子不在，朱汉生究竟会作何打扮。果然，妻子去香港后，不过一天朱汉生的西服就变得皱巴巴的，而且，他根本无意更换衣服。每次见面，陶展文都会费尽口舌逼他换衣服，但他却始终置若罔闻。孰料，上次警署之行反倒颇见成效，令他第一次生出换衣服的念头。生平第一次进警署，即便是朱汉生也会显得非常紧张。然而，不过几日，之前刚换上的衣服就已经不堪入目了。

"不指望你能勤快得将换下的衣服送去洗衣店，但至少应该用衣架好好地挂起来,放进衣柜里吧?"陶展文一边检查朱汉生的衣服,一边像母亲般柔和地说道。

"啊,那件衣服我已经挂到走廊柱子的钉子上了。"朱汉生嚼着最后一块馄饨,漫不经心地说道。

正在这时,小岛走了进来。

"我刚从朋友的送别会回来。"虽然店里并无顾客,小岛仍压低了声音。

"看来你已嗅到什么气味了。"陶展文说道,"在我这儿也能嗅到很多,不过都是食物——开玩笑的,你到底发现了什么?"

"线索似乎一分为二了,真叫人为难啊!虽然我觉得吉田那条线索更有嫌疑,但还有一条线索也十分可疑。"

"究竟是什么线索可疑?"陶展文问道。

"真的是非常出人意料。"小岛接过健次递来的茶,一饮而尽,"是管理员清水,没想到吧?"

"不会。怀疑清水是理所应当的,发现尸体的人无论何时都应受到怀疑。而且,他就住在五号房间的隔壁,只要想,随时都能进去……你是否发现了别的可疑之处?"

"听说徐先生以前曾和女人同居过……"小岛一副极其沉稳的样子,似乎觉得轻易讲出自己的发现,实在太过浪费。他取出一根香烟,不慌不忙地点着。

"那已是很久以前的事了,有七八年了吧……那个女人已经死了。"

"她好像曾在某个地方当女佣,偶然间被老徐带了回来——我记得的确是这么回事。"消息灵通的朱汉生从旁插嘴道。

"听说那女人结过婚。"说着,小岛仰头朝天花板吐出了一串烟圈。

"嗯,我也听说过。"陶展文说道。

"如果知道那个女人的丈夫正是清水，你们会作何感想？"

小岛轮流观察陶展文和朱汉生的表情，仿佛在确认自己这番话带给对方的震撼程度。

朱汉生吹起了口哨。

陶展文则再次抱起了胳膊。

"我想，警察也应该掌握了这一事实，他们看来似乎也对清水格外关注。"小岛补充道。

"清水不会被拘留吧？"陶展文问道。

"不会，好像还不至于。不过，清水既已受到怀疑，本人或许也会有所察觉。我想，为了不至于打草惊蛇，警察正在暗中悄悄调查。"

"徐铭义是否知道清水的真正身份呢？"

"好像知道。貌似正因存在这种关系，他才会雇用清水当公寓管理员。虽然按照社会常识来看，这样做的确有些古怪。"

"是啊。"陶展文说道，"不过，以徐铭义的性格而言，却也并非毫无可能……如此说来，是出于怨恨……"

"夺妻之恨吗？"朱汉生叹息道。

"清水当管理员好像已有四五年了……"陶展文说道。

"据说有五年半了。"小岛纠正道。

"难道他在此期间一直隐忍负重，静待良机？若是如此，未免耗时太久了吧……"陶展文抱着胳膊说道。

"没错。我也不认为清水是个有毅力报仇的人。像他那样靠不住的人，只会让人觉得，虽然妻子被夺，但因此得到一份工作，他反而觉得满足。"

"往往这种人反而会暗地里做出什么事来。"朱汉生得意扬扬地说道。

"警察似乎也持这种看法。"小岛说道，"在案发当晚的那个时间，'鸥庄'一楼只有先前说听到口哨声的住在一号房间的那位夫人。当然，清水除外。六号房间目前无人居住，二号房间的夫妇当晚去看电影了，直到十点半才回来。三号房间由两个酒吧女招待合租，那个时间段，二人都在酒吧工作，有确凿的不在场证明，毫无嫌疑。七号房间的大叔被公司安排出差在外，妻子则带领孩子回了西宫的老家。至于二楼，全部都是单人间，住户都是女招待。也就是说，在那个时间，公寓里几乎空无一人。因此，如果清水想要有所行动的话，那时不正是最佳时机吗？"

"虽然不知清水是否是真的凶手，但他的确有动机。"朱汉生用一本正经的表情说道，"而说到杀人动机，首先便是金钱，然后就是怨恨。"

"说到金钱，徐铭义生意上的关系很复杂吧？"陶展文嘀咕道。

"警察也对这方面做了调查。"小岛解释道，"据说，他们主要是通过借据和期票，调查了十几个人，但几乎所有人都有不在场证明。"

"手提保险箱并未锁上。"陶展文摸着下巴说道，"借据之类的文件都在里面，凶手应该已将自己的票据偷走，剩下的票据也就相当于是无罪证明。"

"如此说来，辻村最为可疑？"小岛说道，"不如将辻村之事告诉警察，由他们来调查，如何？"

"此人我一定要亲自调查。总之，接下来讲讲你的另一条线索吧，也就是嫌疑最大的吉田。"

"此案并不一定是吉田亲手所为。"小岛谨慎地说道。

"也就是说，吉田藏身幕后？"陶展文纠正道，"这个见解十分有趣，想必你已有了一套完整的理论，不妨说来听听。"

"哪好意思称作理论……应该说是我的胡乱猜测，毕竟都是没有确切根据的推理而已。"

"那也无妨,说来听听。"

小岛无论如何都想追查吉田这条线索。此前他一直致力于追查吉田的渎职问题,而现在这份热情被带到了杀人事件当中。或许这只是出于先入为主的观念,不过,他已经构建了一套自己的故事线。由于没有任何物证支持,当陶展文郑重其事地让他说出来时,他便感到愈发地胆怯。

"胡乱猜测也没关系,说不定就猜对了呢?"

在陶展文的催促下,小岛终于开口说道:"我认为此案的确牵涉到某种利害关系,至于是何种关系,现在还无法证实。经我调查发现,徐先生的确曾是吉田的洗钱人员,但有迹象表明,吉田最近已将洗钱人员更换。也就是说,徐先生与吉田之间的关系已经结束。可是,徐先生心里所掌握的吉田的秘密却无法挖出来交给新的洗钱人员——将掌握自己秘密的人除掉——这是我脑中闪现出的第一个想法。但还有一个问题——席有仁这位南洋大富豪在此现身了。我通过多津井和其他渠道均了解到,吉田似乎有意要与这位大富豪取得联系。却不料,席有仁与徐先生是老朋友。而且,离开吉田的徐先生似乎也打算攀附席有仁,借此赚一笔钱。结果,这二人都企图利用席有仁,便围绕着这位大富豪展开了拉拢争夺战。在利害关系上,二人的立场是相互对立的。若要我说,这也是很充分的杀人动机。目前,这还只是推测,但未必不能集齐可以证明这种可能性的情报。总而言之,要么是为了保守秘密,要么出于利害关系——也就是除掉瞄准同一个宝贝的竞争对手——无论如何,吉田庄造都有嫌疑。我觉得已经八九不离十了。不过事先声明,正如我方才所言,此案或许并非吉田庄造亲手所为,毕竟他也上了年纪。不过,考虑到他会下中国象棋,我一直都想查查吉田那晚的行动。今天我稍作打探,但据说那家伙当晚早早就入睡了,也不知是真是假。毕竟吉田家的人都是站在他一边,所以,这一不在场证明恐怕无法轻易成立。事实上，我也问过吉田家的女佣，据她所言，吉田当晚给了用人们一些招待券，叫他们去看电影。我觉得这其中有些古怪。"

"原来如此。这么说，他有两个杀人动机呢！"在小岛结束了长篇大论之后，陶展文重重地点了两下头，似乎打算以此表示慰劳。

朱汉生也觉得必须说点什么，以表达对小岛超长演说的敬意，"哼，吉田这家伙简直是岂有此理！"

"一路调查，肯定大费周折吧？"陶展文觉得方才的话还不足以慰劳，又补充说道。

"我今天整日四处奔走，腿都僵硬了。先是去找从事不动产生意的日下部，然后又去尼崎调查清水的来历，回来后又到警署打听了吉田的事……"

"辛苦了。"说这话时，陶展文表情中浮现出的与其称作佩服，不如说是怜悯。

但小岛并未留意到这一点。

"唯独没有查出田村的下落，我认为这个人很重要，明天我会全力寻找田村的……"

这时电话铃响了，健次拿起听筒，说道："小岛，是报社打来的。"

小岛从健次手中接过听筒，放在耳边。片刻之后，他的表情骤然僵硬。

"什么？！'港口公寓'？五号房间？果然……好，我马上去！"

小岛放下电话，开口说道："田村被杀了！"

"就是先前提到的吉田的侄子？"陶展文说道。

"是的。据说他被掺有氰酸钾的威士忌毒死了，死亡时间大约在一个小时之前。"

陶展文转身望向时钟，指针正指向八点四十五分。

二十二、棋　战

　　小岛一边穿上大衣，一边说道："我一有发现就给您打电话。"
　　"但店里该打烊了，打北野那边的电话吧！"
　　"老陶，不如去我那里下象棋吧！"朱汉生擅自决定道，"小岛，有事往我那儿打电话就行。"
　　"好吧！"陶展文说道。
　　"此次命案绝对与'鸥庄'事件有关，但警察可能对此并不知情。"说完，小岛便慌慌张张地跑了出去。
　　十分钟后，陶展文和朱汉生一同走出"桃源亭"，向位于东亚大街的安记公司走去。步入空荡荡的办公室，朱汉生点着煤气炉，让陶展文在外稍候，随后便进入里屋去拿棋盘。这个房间外面是办公室，里面则是朱汉生一家人的住所。
　　"爸爸，早点儿睡吧！"一个女孩子的声音传来。
　　"爸爸要下象棋。"父亲声音懒散地说道，"棋子放哪儿了？"
　　"要下象棋的话，得先换衣服。"
　　"衣服换不换都行。"

"不行！"女孩子的声音听起来十分严厉。

过了好一阵子，朱汉生都没从里屋出来，想来他是乖乖遵从女儿的命令了。

果然，当朱汉生捧着放有棋盘和棋子的盒子走出来时，已经换上睡衣了。

"你以为夫人不在就可以随随便便吗？你高兴得太早啦！"陶展文说道，"没想到小淑会代替母亲监督父亲，这孩子很有前途。"

朱汉生没有理睬陶展文的挖苦，异常迅速地清理出场地、摆好棋子："来，开始吧！"

"这就是徐铭义不要的棋子吧？"陶展文看着棋子，感慨道。

"没错。他说染上墨水不想要了，我就拿来了。但若不仔细，还真看不出哪里染上了墨水，对吧？"

朱汉生执黑字棋先行，战争就此打响。他将"车"放到棋盘中央，口中说道："这么走是为了向死去的徐铭义致敬。"

"车"相当于日本将棋中的"飞车"。将这个强大的棋子放在己方阵营的中央，以此统揽整个盘面——这一战术称为"占中车"，亦即日本将棋的"中飞车"。在中国象棋中，平均十局中有七八局都是以"占中车"的形式开始的，但已故的徐铭义一百局中便会有一百局是使用"占中车"，始终不变。其墨守成规的性格在棋盘上也如实地展现了出来。

"他连下象棋都从未换过套路。"说着，陶展文挪动了己方的"兵"。

朱汉生是出名的快棋手，只见他立马飞"炮"越过河界，轰死了敌方的"兵"。

"嘿，看你大张旗鼓地挥舞牛刀，还以为要干什么呢，原来只是用来杀鸡。"

黑红双方在棋盘上斗得火花四溅，二人口中也是你来我往，互不相让。

"不吃我的'马'吗?"朱汉生嘴上火力全开,以此牵制敌人。

"这么别扭的'马',我才不要呢!正所谓'卷曲而不中规矩,立之涂,匠者不顾'[1]。"陶展文开口应道。

最终,朱汉生的"象"疏于防范,陶展文首战告捷。

第二局成了乱七八糟的混战,远距离武器纵横捭阖,大显身手。当陶展文醒悟到自己已陷入对方的节奏中时,已经迟了。朱汉生最擅混战,陶展文尚不及采取细致的战术,就眼睁睁地看着己方军队被杀得精光。

"竟然用吃光对手棋子的方法来下象棋,这种手法简直卑鄙无耻。"

就在陶展文大发感慨时,敌方的"马"已经深入己方营地,"炮"也已确定目标,"车"又切断了退路,"帅"旗仍在,士卒却悉数被灭,可谓一败涂地。

大胜之余,朱汉生一边摆放棋子,一边哼歌。

第三局,陶展文采用奇袭战术,几乎没吃对手一兵一卒,以令对手松懈,然后一鼓作气将敌人逼至绝境。这一局瞬间便分出了胜负,甚至不够尽兴。

朱汉生歪着脑袋,口中连喊"奇怪"。但不管怎么看,他的"将"都已无路可逃。

"他妈的!"

朱汉生常爱破口大骂,这个词算是其中最文明的。

二人稍事休息后,便展开了第四局的较量。但战局刚刚开始,就

---

[1] 卷曲而不中规矩,立之涂,匠者不顾:语出《庄子·逍遥游》,意思是(大树的树干长满木瘤而不符合绳墨的要求,它的)小枝弯弯曲曲也不合规矩,它长在路边,匠人们不屑一顾。

被电话铃声打断了。

陶展文拿起听筒。

"……没想到警察也不是吃素的,他们也发现此案与'鸥庄'事件有关(小岛语气匆匆地继续说道)。这次我很佩服他们。死去的田村的笔记本中写满了莫名其妙的杂乱数字,其中就有'478280'这个数字。这一数字与徐先生星期六从银行取出的现金金额完全吻合。如此一来,警察便也明白了……嗯,威士忌酒瓶中的确掺有氰酸钾。是 Black and White[1]……那家伙竟会喝如此高级的酒。我接下来要去警署,然后写报道,写完就去您那儿,大概十点半左右能到。"

当小岛出现在安记公司办公室时,陶朱二人刚好战罢十一局,正精疲力尽地吸着烟。

虽说这是本职工作,但刚从杀人现场回来的小岛还是有点儿心神不宁。一走进房间,他便突然跑到煤气炉旁,伸出手去烤火。

"怎样?警察确定凶手了吗?"陶展文问道。

小岛一言不发,只是摇头表示否定。

"哎呀,你在发抖吗?"陶展文看着小岛微微颤抖的下巴说道。

"天气太冷了……而且亲眼看见杀人现场,觉得很不舒服。"靠着煤气炉小岛终于恢复了一些生气,开口说道。

"冷吗?那我们去'备前屋'吧!"朱汉生说道。

"备前屋"是附近的烧烤店,他们都是那里的常客。

"这个想法不错。"陶展文说道,"总之,喝杯酒会好些。你现在的状态很差,好像连话都说不出了。"

"是啊,还是喝杯酒比较好。"小岛坦率地表示赞同。

"不过,汉生,"陶展文转头看着朱汉生说道,"虽说要去的地

---

[1] Black and White:一种法国威士忌。

方是烧烤店，你穿睡衣去也太随便了吧？"

"那倒也是。"朱汉生说道，"嗯，套衫和大衣在那张桌上……还剩下裤子。"他步履蹒跚地走进里屋，不久便拎着一条皱巴巴的裤子走了出来。

见此情形，陶展文不禁苦笑道："这裤子连腰带都没有，你打算怎么穿？"

朱汉生对手中的裤子打量片刻，才说道："啊，这条裤子并不是我方才脱掉的那条！"

"没错。"陶展文说道，"这是你去警署时换下来的裤子。"

"管它呢，用不着腰带。这裤子很贴身，应该不会滑下来，更何况我上面还会披上大衣。"

说着，朱汉生脱掉睡衣，漫不经心地准备穿裤子。在穿上之前，他将裤子用力抖了抖，突然从中飞出了一个白色的圆形物体，滚落在地。

"咦？这是什么？"朱汉生伸手拾起，"是象棋棋子。"

"而且还不是普通的棋子。"陶展文看了一眼后说道，"是象牙棋子。"

"象牙棋子？那不是徐铭义的吗？除了在他那里，我还从没见过象牙棋子呢……可是，它怎么会出现在我的裤子里呢？"

"原因很简单。"陶展文说道，"那晚你不是打翻了棋盘吗？你本想将掉在地上的棋子全部拾起，但唯独这枚棋子却卡在了你的裤子上。当然，它不可能机灵得自动跳入口袋，想必是刚好掉到你裤子的折边里了，毕竟你那里可是大口大张啊！"

"啊，是这样啊！"朱汉生恍然大悟，"原来如此。我想起来了，我的确打翻了象棋棋盘。如此说来，这枚棋子竟是徐铭义的遗物。"

朱汉生将那枚红色的"帅"放在掌中，伸到陶展文面前。

"给我吧,就当作徐铭义的纪念品。"说着,陶展文拿起那枚棋子凝视了片刻,又道,"但这东西又有何用?真是'时雨降矣,而犹浸灌'[1]。"

说着,他便将棋子放入了口袋。

---

[1] 时雨降矣,而犹浸灌:语出《庄子·逍遥游》,意思是适时之雨已经普降,而人们还在汲水灌田,这对于禾苗的滋润,岂不是多此一举。

二十三、烧烤店和旅馆

"备前屋"里并无其他客人。

"警察似乎正在寻找'鸥庄'与'港口公寓'之间的联系。但清水看过田村的照片后,表示从未见过此人。"小岛开始说明情况。

"警察已经知道田村的身份了吧?"陶展文问道。

"已经知道他是吉田的侄子了,此前他们恐怕连做梦都没考虑过吉田这条线索,看来这次要开始追查了。"

"你不久前好像曾从某个女人那里问到了一些田村的来历?"

"就是那个女人啊!"小岛抿了一口杯中的酒说道,"她好像一直在'港口公寓'与田村同居,今天却突然不见了。"

"可疑的家伙还真多啊!"陶展文说道。

"而且田村有一张借据,债主便是那个女人——白沢绢子……金额为五十万日元。"

"又是借据?"

"我想,田村已将那笔钱还给了白沢绢子。因为钱还了,才能将借据收回。至于钱的来路,目前还不清楚……"

"根据你此前的调查，田村似乎更换过很多职业。此案若与'鸥庄'事件有关，田村又是如何与徐铭义产生交集的呢？"

"这还用说吗？"小岛说道，"若说田村与徐铭义之间有关联的话，那就只能是吉田。"

"嗯，小岛君。"陶展文劝慰般地说道，"先吃点儿热乎的吧！你看，朱汉生正一门心思地吃着烤串，就因为这样，他才一直那么健康。"

朱汉生面前放着一个碟子，里面盛有拌了蒜的酱油，如今基本已被蘸光，仅剩薄薄一层。

小岛接连喝了两杯酒。酒精在体内逐渐扩散，勇气也随之而来。

"虽然只是胡乱猜测，但我是这样想的。"小岛开始说道，"为了保守秘密，吉田指使田村杀死了徐先生——田村的话应该是会吹口哨的。可是，如此一来，又产生了另一个秘密。虽说是自己的侄子，吉田会比较放心，但田村这人貌似软硬不吃，很可能是他恐吓了自己的叔父。为了还钱给女人，他便威胁叔父，骗取钱财……"

"那笔钱难道不是从徐铭义那里来的吗？"

"若是那样，金额不符。"

"稍微补上一些不就够了？"陶展文说道，"算了，然后呢？"

"吉田除掉一个人来保守秘密，却被另一个人抓住了把柄。但吉田绝不是那种甘愿被侄子恐吓的人。于是，他又除掉了田村。在威士忌中下毒并不需要力气，上了年纪的吉田也能办到。"

"田村恐吓叔父？那也太奇怪了。"陶展文插嘴道，"杀死徐铭义的人若是田村，那他揭穿吉田，岂非也将自己置于险境？"

小岛一张脸顿时变得通红。然而，这些想法早已在他脑中酝酿许久，并非突然冒出的念头。因此，他很快便反驳道："同归于尽的话，富人一般会更吃亏。债务缠身的田村想必早已自暴自弃。我问过'港口公寓'的人，他们都有这种感觉。"

"你想追着这条线查多久就查多久吧，我只希望尽快找到辻村。既然连田村都已被杀……"说到这里，陶展文突然闭口不语。

"据说毒药是下在威士忌的酒瓶里。"小岛说道，"大概是别人送给田村的，他自己应该不会买如此高级的酒，因为他房间里的空酒瓶都是些便宜货……至于赠送之人是谁，由于田村本人已经死亡，便也无从调查。警察似乎怀疑那个女人……她今天恰恰不在，说来的确很可疑……"

"的确可疑，但可惜的是，她并不在你愿意调查的范围之内。"陶展文说道。

这时，一直默默吃喝的朱汉生突然开口说道："很快就能捉住那个女人的。女人啊，就算貌似聪明，也会有些傻气。不是有借据吗？而且也已经知道了她的名字。女人啊……"

"你还真是，夫人一不在就信口开河。"说着，陶展文端起了酒杯。

※

"我一直很听你的话，但这次不行，你必须乖乖躺着。你要是想起来，不客气地说，就算使用武力，我也会阻止你。一切都是为了你好，明白吗？"

旅馆的某房间里，马克坐在床边的椅子上，抱着胳膊严肃地说道。妻子乔玉此时正躺在床上。

"明白吗？"马克又重复了一遍，随后偷偷观察妻子的表情。

"但我想尽快处理好计划中的事。"乔玉声音微弱地说道。

"不行。"马克断然否决，"你高烧三十九度三，竟然还想外出？！"

"我说的是明天。"

"那也不行，稍不注意就会变严重的。医生不是也叫你明天一天都要静养吗？"

"那是个庸医。"

"这么说太失礼了，人家可是特意前来的。好了，你什么都不要想，闭上眼睛吧！"马克温柔地抚摸妻子的脸颊，口中说道。

"你简直像在哄小孩儿。"

"没错。"马克苦笑道，"你就是个执拗的大孩子。"

"把我当成小孩儿，你心里很惬意吧？"乔玉拼命嘲讽道。躺了一天让她心情烦躁。预定的拜访原本便不是什么大事，她并非执着于此。只不过，一想到明天还要躺上一整天，她就觉得十分腻烦，忍不住撒娇胡闹。

"要在平时，浪费一天倒不觉得多可惜，但这一天——不，算上明天一共两天——是在难得的旅行之中，而且只有仅仅三周的时间。一想到这个，我就躺不住了。"

"真是胡搅蛮缠。"马克说道，"还有好几天的富余时间呢，而且景点基本也都游览完了，我们又没有什么特殊安排。"

乔玉闭上了双眼，但固执的她嘴上仍说个不停："我并不习惯乡下的房子，所以不知如何是好。在驹沢家……我以为房间里暖气会很热，就穿得很少。结果不走运，伤风感冒……不过，我现在已经好了，明天还是出门吧！"

"不行。"马克说道。

"喂，马克。"乔玉睁着一双水灵灵的大眼睛说道，"到明天中午，我如果恢复正常体温，那就出门，好吗？这次不是去山里，而是李先生的办公室，那里应该通有暖气……"

马克一副监护人的表情，摇头说道："要慎重行事啊，你这孩子真不听话。"

"那等中午体温恢复正常后,我再睡三个小时。如此一来,就能知道是否真的退烧了。然后我们再出门,这样就绝对安全了。"

在乔玉的软语央求之下,马克构筑的坚固防线逐渐崩溃。

二十四、电　话

上班来到公司，一坐在桌前，小岛便会点上一根"新生"牌香烟，久久凝望墙上的世界地图。当日，他也一如往常地呆呆望着国际日期变更线[1]转弯的地方——那里的岛叫什么名字来着？是埃利斯群岛吧？正想着，桥川评论员走过来，将小岛的注意力从太平洋上拉了回来。

"小岛君，吉田庄造氏刚刚给我打来电话，说一定要见你。地点无所谓，只要能保证二人独处就行，可以由你指定。"桥川脸上带着紧张之色，低声说道。

"我随时都可以见他。"

"他好像很急，最好尽快，地点定在哪里？"

小岛考虑了片刻。他常去的地方是烧烤店和咖啡馆，都无法保证二人独处。通常来说，秘密面谈的地点都会定在酒馆最里面的房间，但小岛并不熟悉那种地方。

---

[1] 国际日期变更线：为了避免日期上的混乱，1884年国际经度会议规定的一条假想的线。

"地点由吉田先生决定吧!"

"那我马上打电话联系他……"

桥川匆匆离开。不久便通过公司内部电话打了过来。

"小岛君,地点定在了花隈街的'晓'。不过,你能否立刻出发?吉田先生好像已经乘车出发了。你知道'晓'在哪里吧?"

小岛看了看手表,指针指向九点二十分。不需要准备什么,今天也不太冷,不用穿大衣。不过,慎重起见,他还是在脖子上围了条围巾,然后便出发了。

目前还不知道吉田想谈些什么。作为一名记者,小岛曾多次与吉田见面、交谈,吉田或许也还记得他的相貌。但从表面上来说,二人几乎可以称得上是素未谋面。小岛最近一直致力于追查与吉田有关的渎职问题,吉田似乎已经有所察觉——从桥川的话中,小岛很清楚地感觉到了这一点。

吉田终于要求二人单独面谈了。他是想收买人心?还是要不分青红皂白地威胁恐吓?虽然在徐铭义和田村的遇害事件上,小岛都对吉田抱有怀疑,但这种怀疑并不确定,完全属于猜测。陶展文虽然总是边听小岛讲边频频点头,但那完全是出于礼貌,从其态度便可看出,他对小岛的分析实则不以为然。但即便如此,小岛仍然坚持自己的看法,并不打算放弃这条线索。如何掩盖渎职行为,吉田想必早已非常熟练。纵然不经面谈,他也一定有其他手段。如今惊慌失措地提出见面要求,自然是有什么不得了之事。

杀人事件——牵涉至此,即便是吉田也无法稳坐不动。警察姑且不论,若是知道像小岛这样无法无天的报刊记者,打算将自己与此次杀人事件联系起来,只怕吉田也会沉不住气。或许正因如此,他才会通过桥川提出会面要求。然而,除了陶展文和朱汉生,小岛并未向他人透露此次杀人事件与吉田之间的关系。但是,身为记者的小岛的调查方向已经偏离正轨，迟早都会被他人发现。比如，警察对白沢绢子的失踪最为关注，小岛却漠不关心。无论如何，这都很引人注目。

小岛向后拽动椅子，正想站起身来时，电话铃响了。女职员拿起听筒，随即说道："小岛，你的电话，好像是长途。"

眼下小岛的心思已完全被接下来与吉田的会面所占据，说话的声音也显得很急躁："你好，我是小岛。"

"是《中央报》的小岛先生吧？"

听筒中传来了一个陌生女人的声音。

"是。"小岛粗鲁地说道。

若是对方没什么急事，小岛便希望能够延后再说。此时的他只想尽快赶到"晓"。对于年轻的小岛来说，还无法好好地隐藏自己的情绪。

"您是哪位？有事快说。"

对方似乎有些犹豫。小岛声音中带着明显的不快，继续催促道："请先告诉我您的名字，请问尊姓大名？"

在小岛犹如呵斥般的逼迫之下，对方似乎终于下定决心，开口答道——其实，我是，那个……辻村……辻村甚吉的姐姐……

"辻村……辻村的姐姐？！"小岛拿着听筒的手情不自禁地用力握紧。

"是的。（由于已经下定决心，对方便开始表述来意。）嗯，关于舍弟失踪一事，蒙您多多费心。托您的福，我终于知道他的住处了。"

"他在哪里？"

"怎么说呢，目前我还不能透露……请您原谅。我虽不了解个中详情，但舍弟貌似非常烦恼……嗯，他只是不停地重复——请相信我，无论发生什么事，我都是清白的—— 我想，他可能是遇到了什么复杂的事……其实，我已拜托亲戚在神户悄悄调查过，据说……怎么说呢，只有您在大力追查，似乎对舍弟的事抱有比普通失踪者更大的兴趣。我想，既然舍弟什么都不肯说，或许来问您反而能够更快了解详情，所以就冒昧打来了电话。"

陶展文曾交代过，一定要尽快找到辻村。他虽然没有明说为何要这样做，但小岛认为，应该将陶展文的意向告知对方。

"总之，希望你能劝令弟不要躲藏，叫他立刻来神户。"

"嗯，舍弟他……（辻村的姐姐压低声音，怯生生地说道）似乎很怕警察。"

"警察什么都不知道。"小岛担心被周围听到，也压低声音说道，"请你转告令弟，警察对他的事还一无所知。总之，叫他尽快赶来神户。"

"您是否会将舍弟交给警察？"

"绝对不会！"小岛斩钉截铁地说道。

小岛尚不清楚辻村在此案中扮演什么角色，但陶展文正在寻找辻村，而且并未向警察透露辻村的存在，因此应该不会将其交给警察。虽然并未向陶展文确认，但唯独这一点他十分确信。而且，即便在"鸥庄"出现过的矮小男人是辻村，但徐铭义那时也还活着，在辻村之后，还有下象棋的客人、"白宫"女招待和吹口哨的男人去过。最麻烦的情况是——吹口哨的男人就是二度造访的辻村。不过，在小岛脑中，吹口哨的男人这一形象已与田村完全吻合，他几乎无法设想其他可能。他向辻村的姐姐作出保证，心中毫无不安。

"您能确定吗？"对方小心翼翼地再次确认道。

"绝对的。"小岛再次作出肯定。

"那请您稍等。"

电话里的声音一时中断。她似乎在和某人商量什么，想必便是弟弟辻村甚吉。看来这位姐姐不仅已知道弟弟的住处，此刻也正在弟弟那里——又或者是弟弟正在姐姐那里。只要事后询问接线员，便能很快查明这个长途电话是从哪里打来的。辻村甚吉已形同瓮中之鳖。

过了片刻，对方在电话中说道——您若能保证，我可以让舍弟过去。

"是的，我可以保证。"每次作出承诺，小岛眼前都会浮现出陶展文的面孔。

"可是，路程太远，我想他要到下午才能过去。"

"没关系。"小岛说道。反正他上午已与吉田庄造有约。

"还有，我担心在报社太引人注目……"

"那就定在其他地方见面吧！"

小岛稍作考虑。想见辻村的人是陶展文，去"桃源亭"应该不错。不过若要不惹人注意，"桃源亭"亦非理想场所。至于陶展文家，从未去过的人很难找到。用地图来说明还算容易，但在电话中则很难说清。而从易于寻找这一点上来说，东亚大街的安记公司该是最理想的。主人朱汉生如同陶展文的弟弟，因此无须顾虑。而且，除办公室外，那里既有供一家人进出里屋的门，也有独立于公司的会客室。于是，小岛便指定了朱汉生家。

通话结束后，小岛急忙给"桃源亭"打去电话，联系了陶展文。

等他准备外出，手已经摸上门把手时，又被女职员叫了回来。

"小岛，你的电话，这次是高田打来的。"高田是社会部的同事。

"喂，小岛君，我现下正在警署。他们已在京都找到白泽绢子了，据说她已同意到警署当证人。我看你对此案似乎极为关注，要不要过来看看？"

"我的确很想去。"小岛说道，"但我今天已经忙得快脚打后脑勺了。"

二十五、东瀛游记

上午十一点,"桃源亭"内,健次等人正在为即将到来的用餐高峰做准备。店内空无一人,只有陶展文坐在桌旁吃着午饭。一位住在下山手的朋友方才打来电话,叫陶展文尽快过去给他的孩子看病。若在平日,陶展文中午也会稍微帮帮店里的忙,但今天遇到这样的急事,他吃完饭就立刻出门了。

幸而孩子的病不重,还未发展到感冒的地步,只要睡上半天就能痊愈。陶展文开完处方后就离开了。

还不到十二点。陶展文并不想回"桃源亭",因为在接下来的时间里,店里将变得拥挤不堪。通过小岛的联系,下午将在安记公司的里屋与辻村会面。但虽说是下午,双方却并未定下具体时间,他也不介意提前去等,反正除此之外,他也无事可做。

"你来得真早,客人已经到了?"陶展文刚从外面走进办公室,朱汉生便开口问道。

"谁知道呢,又没定下具体时间,让我在你这儿等等吧!"

陶展文环视办公室,只见朱汉生早已勤快地脱掉上衣,撸胳膊挽袖子地拨打着算盘，打字员那欢快而有节奏的打字声也不时跳入耳中。乍一看办公室里十分忙碌，但陶展文在走进这里的一瞬间，便切身地感受到了一种松懈，觉得仿佛缺少了什么。难道只因朱汉生的夫人不在，就变得如此不同吗？朱汉生一边查看关税表，一边在笔记本上写着什么，也许是在核算 CIF[1] 价格。但此事由他来做，很有可能就会因看错关税表上的数字而得出错得离谱的答案。

"素贞不尽快回来果然不行啊！"陶展文说道。

"你没吃饭吗？"朱汉生张口问道，"一来就发牢骚，难道是肚子饿导致心情不好？"

"我吃过了。"陶展文拽过一张空椅子，在朱汉生的办公桌旁坐下来，口中说道，"我来监督你工作吧，怎么样？"

话音未落，时钟报时，刚好十二点。

"我去里面吃饭。"朱汉生站起身来，"但只怕吃不下去。"

"一想到夫人就连饭也吃不下去了？"

"不是。我喉咙从今早起就肿了。"

"是因为昨晚喝多了吧？"

朱汉生刚走进里屋，打字机的声音便骤然停止，方才一直在写字的两名职员也开始坐立不安地扭动身子，只有记账的女职员仍未放下手中的工作。

不久，打字员和男职员们也离开了办公室。

"你在记账？"陶展文对剩下的女职员说道。

"是啊！"和蔼可亲的女职员微笑道。想必刚从高校毕业不久。

"大家都去吃饭了，只有你留下来值班吗？"

"是的，等到朱先生或其他人回来了，我再去吃饭。"

---

[1] CIF：国际贸易术语，成本费加保险费加运费，适用于海运和内河运输。

"你也去吃饭吧!"陶展文说道,"我替你值班。"

"可以吗?"女职员脸上顿时露出兴高采烈的神情,好像听到老师宣布提前下课的女学生一般,"那就拜托您了。"

"啊,没关系,你一两个小时后再回来都行。"

"大叔吃过饭了吗?"

"我方才不是和你们头儿用中文聊了好一会儿吗?他说我这个点儿眼巴巴地赶来,肯定没吃午饭,我就回敬他说我已吃过了。"

"可是,您真的吃过了吗?"

"当然是真的。"

"那就拜托了!"

女职员动作麻利地收拾好桌面,随后站了起来。

店主去里屋吃饭,陶展文便移到店主专用的转椅上坐下,感觉这样更舒服。他靠在椅背上,目光望向天花板……等到辻村露面,此案也将告破。不管是什么事情,只要问题能得到彻底解决,都会令人体验到一种难以形容的爽快感。陶展文还曾故意令自己陷入纠纷中,只为体验这种感觉。但这一次,他很明显地感到案情悬而未决,因此并未体验到查明真相后的那种爽快。不仅证据掌握不足,他也还没有抓住此案的关键点——这是一种无可奈何的失落感。此案着实令人费解,因为最重要的问题是"动机何在",而他现在还无法找出答案。就算已经知道凶手是谁,恐怕也无十足把握,那道清爽的风自然也不会掠过心头。

"大叔。"

陶展文的视线离开了天花板,只见叫自己的正是方才那位不施脂粉的清秀女职员。她天真无邪地笑道:"大叔,您替我值班会很无聊吧?我给你拿报纸看?"

"谢谢,不用了。我已经读过今天的报纸了。"

"那中文报纸呢？"

"嗯，那就看看吧！"

女职员拿来报册，放在陶展文面前。

"《南洋日报》吗——这家报纸似乎与席有仁有关。"陶展文自言自语道。

女职员转身出了办公室。

陶展文开始翻看报纸。中文报纸尽是汉字，给人感觉颇为沉重。倘若印刷品质拙劣，看起来便不只沉重，还有丑陋。《南洋日报》的印刷技术就令人不敢恭维。陶展文无意仔细阅读，只是漫不经心地一边浏览标题，一边向后翻页。

东瀛游记　席有仁

当这一标题映入眼帘时，陶展文停止了翻页的动作。

这是席有仁的日本记行。既然标有"三"的字样，就肯定是连载。陶展文向前翻找，很快便找到了"一"。

南洋的豪商初游日本，会留下什么印象？会产生何种想法？陶展文对此颇感兴趣。如今他的视力尚佳，还无须借助老花镜。

作为作家，席有仁早有声誉。因为没接受过正规教育，他毫无文人雅趣。陶展文也曾多次阅读他的文章，起初还以为是秘书的代笔之作，但据说并非如此。席有仁喜爱写作，假如文章中有他的署名，那一定是他亲笔所作。最近此事已被大众所知，甚至连陶展文也曾听人说起。了解了这一点再读他的文章，便会觉得其笔触紧凑有力，仿如乌亮的钢铁，与其历经千锤百炼的事业家身份相得益彰，令人联想到一株剔除了一切枝叶的大树树干。

最近几年，我有很多机会旅行……

陶展文开始小声阅读起来，但读着读着，他开始产生出一种奇怪的感觉。这篇文章的文风不如以往干净利落，陶展文所期待的那种犹如摧毁小山和坑洼前进的推土机一般的雄浑笔力，也踪影全无。而且，一向为席有仁所不齿的琐碎伤感竟然随处可见。

或许在访问日本期间，席有仁内心产生了巨大的动摇，文章中完全看不到任何他过去的影子。陶展文不再出声阅读，心中感到疑惑不解。

……L氏的帽子上插着一朵黄色的小假花。他主动伸出手向我走来，开口说道："我是L。"诸位可以想象，在那一瞬间，我心头涌起的感慨是如何的汹涌澎湃。

寒冬将至，神户的山却依旧一片浓绿，天空湛蓝无比。这片土地我虽然从未亲眼见过，但在我心中却不尽然。不仅土地，人亦如此。我与L氏虽为初次见面，但我们早已通过笔墨神交良久。在我心中，他不应称作从未见过之人。我的眼泪悄悄滑落到神户码头的石阶上，一滴胜过千钧之重。

我与《南洋日报》的同事有约在先，要写下我对日本的印象。然而，第一天竟以如此私人的记述告终，这点我要向各位道歉。但即便如此，说起我今天的印象，也仅止于日本山峦迎面而来的葱郁和已经老去的L氏的白发而已。而且，纵然浪费千言万语，我想也难以尽述这一印象。

就在陶展文读完《东瀛游记》时，朱汉生用手帕擦着嘴，从里屋走了出来。

"你吃完了？"陶展文从报纸上抬起头来问道。

朱汉生用手帕重重地擦着嘴边，口中说道："我喉咙肿痛，吃不下什么。"

"医生不就在这儿吗？"陶展文说道，"来，张嘴让我看看。"

朱汉生张开大嘴。陶展文检查了一下其喉咙的状况，随后又查看了舌头。

"很严重啊！嗯，我给你开个方子。"说着，便在安记公司的便笺上流利地写下处方。

寒水石、二钱。硼砂、一钱。辰砂、三钱。大梅片、三分。儿茶、三钱。

一同研成极细粉末。

"听好，将药仔细捣成粉末，置于舌上，然后缓缓吞咽下去。"

"知道了。"患者可怜兮兮地点头应道。

相反医生则显得极为开心，说道："这就对了，就应该这样乖乖地听名医的吩咐。"

"可是，会见效吗？"

"放心，肯定有效。"说完，陶展文放声大笑。

"对了，客人什么时候来？"朱汉生一脸期待地问道。

"这我就不知道了。"

"看来这位客人很重要啊！连会面的确切时间都不清楚，你这位大名医也会特意提前来此等候……今天的客人与徐铭义被杀有关吧？"

"安记公司老板的直觉最近变得越来越准了嘛！既然直觉如此准确，生意方面也一定能够大获成功。"

"你可真能给人戴高帽,让人觉得别扭得慌。"

"别多想。夸人是我的兴趣,接下来想让我夸你什么呢?"

"你这样说,我愈发觉得别扭了。"

"那就夸夸你的夫人?素贞女士值得夸赞之处太多了,就算夸到词穷也称赞不完。话说,她嫁给你实在浪费啊——哎呀,这样说好像是在贬低你……我想想,有没有更好的说法呢?"

朱汉生直勾勾地盯着陶展文的脸,说道:"老陶,你很奇怪,今天的确很奇怪啊!"

"有什么奇怪的?"

"你太活跃了,开的玩笑也比平时过分。"朱汉生想了想,又补充道,"就算除去这些,你也还是很奇怪。"

"气候每天都不同,人的心情也是一样。"

朱汉生脸上露出了无措的表情。

"不好意思,我的玩笑太过分了?"陶展文从椅子上站起身来,随后说道,"时近年关,你的生意想必也很忙,不能太打扰你。我去里面的会客室吧!刚才一直坐在这里替一位姑娘值班,既然你回来了,我的任务就算完成了。我现在就去里屋。"

"你以前好像也有几次像现在这样,是什么时候来着……"

"不用费力去回想那些无聊的事,倒不如将精力放在生意上。"

这时,打字员吃完饭回来了。

陶展文拿起报册说道:"这个我借用一下,可以在里屋边等边慢慢看。这篇《东瀛游记》很有趣啊,是席有仁写的。"

"哦?席有仁写的?"朱汉生向陶展文手中的报纸望去。

"这可是你的报纸啊,你究竟读过没有?"

"我只是稍微看看行情专栏。"

"我猜也是。"陶展文面带笑容地向里屋走去。

二十六、吉田庄造的解释

陶展文坐在里屋的会客室里,一边阅读《南洋日报》,一边等人赴约。然而,到一点左右,他便将报册扔在桌上,紧闭双眼,陷入了沉思。他眉头紧锁,脸上浮现出苦恼的神情,与方才同朱汉生说笑时相比,简直判若两人。

一点半,小岛赶了过来。他貌似还沉浸在与吉田面谈的兴奋之中。

"我被吉田叫去了。"小岛说道。

"是吗?"陶展文的反应有些冷淡,与小岛的预期完全相反。

"这次我有了重大发现。"

"哦。"陶展文只是随意应了一声。

小岛原本以为,陶展文会被激起强烈的好奇心,可以与其展开热烈的交谈,干脆利落地完成汇报。而眼下这种情形,让他颇受打击。

"现在证实了,那晚吹口哨的男人就是田村。"小岛如鲠在喉,生硬地说道。

"哦……"陶展文丝毫不为所动。

"是吉田说的。"小岛终于在椅子上坐下来,继续说道,"我还以为今天被他叫去会有什么事呢……"

"他找你不是为了掩盖渎职问题吧？"

"不是。侄子遇害，吉田也受到了警察的诸多盘问，但他说他并未向警察透露全部情况。于是，他将一切都告诉了我，希望我好好判断一下，若是认为应该告知警察，便由我来转达。"

"有点儿奇怪啊！"

"他这样做的理由倒也不难理解。此案牵涉到徐先生一案，吉田又必须顾及自己的地位，所以就让我代替他出面。吉田要求我在告知警察时，不要说是从他那儿听来的，而要说成是直接自田村口中得知的。"

"原来如此。"陶展文似乎有点迫不得已地应了一声，随后说道，"但即便如此，他为何要选你代替呢？"

"想必是听说我对'鸥庄'事件格外关注——至少他是这样说的。"

"吉田的渎职问题也谈到了吗？"

"关于这个，丝毫没有提及。吉田也是个演技精湛之人，他或许打算收买我，想通过此事与我结下紧密关系，以此来束缚我，让我无法出卖他。他今天同我打招呼时的亲昵劲儿简直令人毛骨悚然。"

"你啊，起初无比坚持，最后不还是被人拉拢了？"

陶展文此言无异于奚落，但在小岛听来，对方总算开始认真听自己讲，因此，纵是奚落亦极为欢迎。

"绝对不会，我会将吉田的事追查到底，只是延后再说，目前先处理杀人事件……总之，所有人都认为那个吹口哨的男人最可疑，我本来也以为如此。可是，那个吹口哨的男人并不是凶手——当然，前提是吉田所言属实。"

"可是，吹口哨的男人进入房间后发现了尸体，对吧？"

"是的……您怎么知道？"

"显而易见啊！"

"据吉田讲，当日他命田村去了徐先生家，因为他与徐先生之间有些小交易。至于是何交易，吉田并未明言。不过，我能猜个八九不离十。他说，他让田村对照以前的交易明细，到徐先生那里去取剩余款项，并带回明细单，差不多就是这样。但是，田村当日先去了大阪游玩，直到很晚才去完成重要的收尾工作。或许正因如此，他才会心情愉快地吹着口哨。"

"可是，他却发现徐铭义死了。"

"是的。"小岛说道，"田村当时只怕吓得脸色苍白，但他惧怕叔父。若被叔父知道自己因贪玩而未能完成至关重要的收尾工作，后果不堪设想。想必田村也清楚交易的性质。他战战兢兢地试图打开桌上的手提保险箱，轻而易举就打开了，因为并未上锁。而且，应该拿走的那笔钱就放在里面，金额分毫不差——和田村笔记本里的那串数字一样。"

"于是，田村就将那笔钱塞进了大衣的口袋里，并且偷偷拿走了记有交易明细的三本黑皮账簿……田村或许早在鞋店二楼就已见过那些账簿，虽然其中一本只是我们下象棋的胜负记录。"

"正是如此。据说，田村回去后查看账簿，发现金额完全吻合，便将账簿烧毁，只将那笔钱交给了吉田……"

"田村烧毁账簿之举很古怪啊！"

"我也觉得奇怪。通常来说，应该将钱和账簿一同交给吉田才对。纵要烧毁，也应由吉田来做。总之，据吉田讲，他当时发现田村的态度很奇怪，似乎惊恐不安，可他并未特别在意。直到第二天，他才知道徐先生已经遇害，便叫来田村追问。据说，田村起初坚持声称自己午后便去收款，然后才去游玩，直至很晚才回来。话虽如此，但去玩之前理应先将钱款上交，可他却将现金放在公寓，此举实在不合常理——于是，在吉田的逼问之下，田村终于坦白交代了。不过，这些都是吉田的说法……"

"也不一定全是谎言。"

"据说，吉田立时震怒，破口大骂，叫田村'立刻去找警察说清楚'。但他转念一想，觉得侄子也很可怜。若被警察知道吹口哨的男人便是田村，田村就会受到严重怀疑。若被认定为犯罪嫌疑人，事情就非同小可了。而且，虽说那笔钱和账簿理当收回，但田村是偷偷拿回来的，可以说所有情况皆对田村不利。无论吉田如何痛骂田村，但他始终还是疼爱自己的侄子。因此，他并未将田村交给警察，将此事瞒了下来。"

"吉田老大爷当时想必表演得很卖力，一定在你面前流泪了吧？"

"他无数次热泪盈眶，好像很重感情一样。"

"骂归骂，那笔钱倒也罢了，但田村偷回黑皮账簿，吉田只怕在心里对此是大加赞赏。田村若是惊慌失措地空手逃回，吉田老大爷才会大发雷霆呢！"

"是啊，那几本黑皮账簿可说是决定性的证据……太可惜了。"

"别管这个了，吉田老大爷哭完又说了什么？"陶展文催促道。虽然起初显得毫无兴趣，但现在看起来，他终于被小岛所说的话吸引了。

"吉田说，对侄子的疼爱反而害了他。"小岛继续说道，"这是吉田自己所言，故而并不可信，但他还是说——虽说我是为了侄子，但对于我这样光明正大、堂堂正正地活着的人来说，每天怀着内疚的心情度过，实在十分辛苦，请体谅我的难处。"

"这也太虚伪了。"

"吉田说他早已看清侄子田村是个游手好闲之徒，但他坚信侄子不可能杀人，因此才会心生犹豫，没有将侄子推入可怕的嫌疑旋涡之中——这是吉田的辩解，其中自然另有隐情。若将田村之事告知警察，吉田就不得不说明自己与徐先生之间的关系，而钱款的来源问题自然也就难以解释。吉田清楚这一点，所以才会秘而不宣。与其说是保护侄子，倒不如说他是关心自己。"

"你认为田村并不是凶手，也就是说，你觉得吉田所言的确属实，对吧？"

"有些细节的确很古怪，比如黑皮账簿究竟是被谁烧毁的。不过，唯独田村并未杀人这一点，我认为是可以相信的。"

"哦？"陶展文向上翻眼看着小岛，说道："长期以来你不是出于正义感才追查吉田的吗？你不是不顾一切地提倡田村凶手说，并且认为是吉田在背后唆使的吗？怎么被吉田叫去灌了一杯酒后，你就变得如此古怪了呢？"

"我没喝酒。"小岛终于有点不高兴了，语气也变得粗暴起来。

小岛并不认为吉田在酒馆"晓"里所说的都是真话。若将"事实"比作一张地图，"渎职"问题便是上面一条乌黑的粗线。一旦行至附近，吉田便会尽力避开，不去触及那条线。吉田的解释之所以显得有些生硬，或许便是这一缘故。吉田一边挣扎，一边用手指在"事实"的地图上逡巡。有些地方或许被他绕远或是故意跳过，但他似乎无意将小岛引向歧路，大方向应该是正确的。很难解释小岛为何会如此认为，勉强说来，只有一个老套的理由——因为吉田的话中带有强烈的真实感。小岛对吉田的怀疑比任何人都要强烈，可以认为，吉田的话中存在着某种甚至能令小岛认同的东西。吉田在"晓"是这样说的：

我当然相信田村是清白的，所以，得知他被卷入此案，陷入不利境地，让我觉得他十分可怜。所以我没有告诉警察，而是独自藏在心中。幸运的是，并没人在"鸥庄"见过田村的相貌，对面房间的女人也只是听见了他吹口哨的声音。于是，我想就这样算了。可是，既然田村遇害，我也不得不改变想法……不，我无论如何都无法相信田村会杀害徐铭义这样一位老人。所谓改变想法，是指我开始觉得田村并未将全部情况如实告知于我。

田村也许抓住了凶手的把柄，并对我隐瞒了此事。他可能想亲自揭穿凶手的身份，以彰其勇气——至少我现在希望是这样。不过，也说不定是他掌握了某些证据，便以此要挟凶手。他虽然不会杀人，但要挟之类的事只怕还是能做得出来的。虽然说死人的坏话不好，但这都是事实。不妨想想，他是如何还掉从女人那里借走的五十万日元的……他应该没有那么多钱。

话说回来，不管怎样，田村都与凶手有过接触。或许出于正义，或许为了金钱，这些不得而知。但他与凶手走得太近，所以才会被杀。这是我现在的推测，但我觉得这种推测很可能是正确的，更何况还有那五十万日元的事。可是，实际上我有些迷茫，不知是否应将我的推测告知警察。

你一定会想——虽说是为了亲侄子，但我却向警察隐瞒了重要的事。事到如今，侄子遇害了才开始装模作样。可是，请你设身处地地为我想一想。若是贸然地与警察扯上关系，事情反而会变得很麻烦。

虽然同你如此单独交谈尚属首次，但我早已通过贵社的桥川君对你有了很多了解。你是当今罕见的杰出青年——我这样说并非奉承，自很早以前便对你大为敬佩。在我眼中，你是一位值得信赖的可靠之人，所以才会提出会面之请。再者，你是负责"鸥庄"事件的记者，就立场而言，与警察沟通也比较容易。我想拜托你，能不能告诉警察，就说这些事都是田村毫无隐瞒地透露给你的……不，我并不想强迫你，因为我的推测未必一定正确。我只希望你能认真考虑一番，倘若认为有必要的话，便替我告知警察……

吉田的猜测与小岛的推理有很多相似点。小岛也考虑过"要挟"的可能,但按照小岛的推理,田村要挟的对象并非别人,正是他的叔父吉田。也许吉田巧妙地将要挟的对象偷梁换柱,说成是自己的推测。若要避免被人怀疑,这或许的确是个便捷的好办法,但从某种意义上来说,这种做法也十分危险。

在听吉田解释时,"偷梁换柱"这一想法曾无数次掠过小岛心头。然而,不可思议的是,吉田解释徐铭义并非田村所杀的话语竟然具有极强的说服力,其中负载着沉甸甸的真实,似乎并不是在耍花招。难道是久经座谈会和会场对答,吉田的口才早已千锤百炼,因而搅乱了小岛的直觉?吉田是语言的魔术师,不能被他拉拢,无数人都曾因此堕入其圈套中——在听吉田解释时,小岛怀着强烈的戒心,不断地如此告诫自己。然而,他还是开始认为,田村吹着口哨走进"鸥庄"的五号房间时,徐铭义已经死了,这是事实,毋庸置疑。过了不久,他已对此深信不疑。

小岛在心中也已尽最大努力去抵抗——虽说是初出茅庐的记者,但自己并非乳臭未干的孩童,怎能被地方政客的三寸不烂之舌骗得晕头转向!小岛不住地激励自己,无数次巩固自我立场,企图坚守阵地。

但倘若田村并非凶手一事属实,小岛就不得不主动放弃自己好不容易建立起来的立场。但他觉得,与其说是主动放弃,不如说是自己被吉田一把抓起,扔向了相反的方向。不愧是一条老狐狸。但关于当日田村的所作所为,吉田的解释措辞却极为坦诚、爽快,充满了说服力。小岛先入为主的观念是那般强烈,却也被这种爽快的态度彻底粉碎了。他突然觉得自己对"鸥庄事件"已经一无所知。小岛惶恐不安地重新审视自己的内心,却发现那里只有一个空洞,刮着嗖嗖寒风。片刻之前,他的推理还傲慢地牢牢占据心头,如今却已消失无踪,只留下了一个空洞。

"无论多坏的人,偶尔也会讲些真话。是的,或许是敏锐的直觉令你相信了吉田的一部分话。这无可厚非,我觉得能这样想很了不起。我刚才说了你的坏话,对不起。"陶展文立马道歉道。

小岛口中含混不清地嘀咕道:"没关系。"可是,声音却小得甚至连他自己也听不见。

也是从这时起,陶展文的态度再次发生了变化——他开始变得似乎对任何事情都毫不关心。

"吉田构建了一套自己的推理,并将他的推理告诉了我。"

即便小岛这样说,陶展文也只是随意应了一声。小岛本以为他会立刻要求自己将吉田的推理讲给他听,却不料对方表现得毫无兴趣。

小岛大感扫兴,直到最后也没机会将吉田的推测讲给陶展文听。陶展文本人则像是一直在思考着某件事,对别人的话置若罔闻。

时钟报时,已是两点。

"真慢啊!"小岛没劲地嘀咕道,"明明说好过午就来,这都几点了?不过,我想他应该快到了。"

"不见也没关系。"

陶展文此言令小岛大吃了一惊。从一开始陶展文嘴上就不停地提起辻村,单单对此人格外在意,而如今却突然热情减退,说出这种话来。今天能将辻村叫到这里来,小岛心里原本是暗中得意的,希望通过此事能令陶展文对自己稍微心怀感激。

"陶先生,您说什么呢!明明找他找得如此辛苦。"小岛不满地说道。

"我累了。"陶展文说道,"而且,我想了想,见他也没什么要事。只不过,警察对辻村之事还一无所知,今后想必也不会注意到——我只是想将这些话告诉他,叫他放心而已。这种小事,想必你也能做到。今天的事就拜托你了，请你告诉他吧。"

说完，陶展文当真站了起来。他看起来脸色发灰，显得无精打采。对小岛而言，要安慰辻村其实极为容易，但他对内情一无所知，只是口头说说，的确令人不快。无论什么事，如若毫无根据，说出来便不够有力。陶展文显然抓住了什么线索，多少应该给些提示。既然要自己接手辻村一事，那陶展文至少应该透露一二，以作补偿……

小岛刚打算表明自己的这一愿望，朱汉生便走了进来。

"小岛，叫辻村的人打电话找你。"

过了不久，小岛返回里屋，颇为泄气地说道："他说延期至明天见面。"

"如此说来，今天就没事了。"陶展文说道。他浑身上下似乎都散发出一种倦怠的气息。

"啊，还有，我已查明田村的详细来历，都写了下来。"

小岛翻找衣服内兜，掏出一张纸来，上面写满了密密麻麻的小字。陶展文伸手接过，貌似毫无兴趣，但还是大致浏览了一下。

"田村建材，是水泥厂吧？《商经新报》，是做广告的。朝日产业，是塑料厂……在区政府的户籍科和大桥食品负责涉外事务。这人经历够丰富的。"

陶展文漫不经心地将纸片塞入了口袋。

小岛目送着陶展文离开，他的背影显得垂头丧气，相较于平日，肩头也有些低垂。小岛不禁感到有些困惑——他是不是感冒了？所以才会心情不好。

二十七、访　客

陶展文晃晃悠悠地自东亚大街走来，行至东南大楼前时，恰巧碰见五兴公司的社长和南洋豪商正要一同坐进克莱斯勒。

"啊，您回来了？"席有仁向陶展文爽快地挥手致意。

"您要出去？"陶展文反问道。

"我正要送席先生回酒店。"五兴公司的社长从旁说道。

"这下好了。"席有仁笑呵呵地说道，"今晚的邀请取消，我可以放松休息了。"

"席先生本来受吉田庄造氏的邀请，但对方临时有事，便取消了。"五兴社长解释道。

"是因为他侄子的事吧？"

"好像是的，真叫人同情啊！"

两位实业家坐进了轿车。

陶展文一直目送二人离开。片刻之后，他缓缓迈步走向大楼正门，却在门前停了下来。

"应该边走边思考一下。"在自言自语声中，他转身向美利坚码头的方向走去。

走过海岸大街,掺杂着重油气息的海风便扑面而来。

星期二那天,他也曾走在这里,鼻中嗅着同样的气息,脑中思考着是否能找到徐铭义遇害事件的突破口。如今,他已经不再想这种事了,而是开始思考应该如何为此案画上句号——也就是如何收场。

这是一个技巧性的问题。既有粗暴的方法,也有平和的方法,但无论采用哪种方法,都必须收场。徐铭义是陶展文的好朋友,而他的生命已被夺走。虽然不知道田村是什么样的人,但生命不分条件都是很宝贵的……必须尽快拉下帷幕,宣告剧终。

如今,陶展文正在寻找一个合适的契机,也就是润滑剂。他可不希望此案在咯吱咯吱的摩擦声中落下帷幕。

他缓缓行至美利坚码头的尽头,看见一位老人正坐在防波堤一端垂钓。事实上,那人头戴防寒帽,一直遮到脸颊,因此看不出年龄。不过,从背影来看,很像是个上了年纪的老人,而且,能够在这个时间悠闲钓鲻鱼的,也只能是老人。

陶展文没有特意去观察垂钓者的相貌,而是将视线投向了大海。海面泛着微波,在阳光下发出细碎的光芒,愈远愈显美丽。而越到近处,越能清楚地看到现实的丑陋。眼皮底下的海面上漂浮着浑浊的紫色油污,其上漂荡着一堆垃圾,看上去既像烂草,又像木片。无论像什么,那些垃圾都只是残骸,早已无法恢复原来的模样。一艘汽艇从旁驶过,激起肮脏的波浪,残骸们也随之跳起了自暴自弃的舞蹈。

陶展文不愿再去看海,便将目光转向那位垂钓者。他的双手稳稳地举着钓竿,犹如抱在怀中一般,手上纹丝不动。鲻鱼要到什么时候才会上钩呢?看上去,那位垂钓者并不像是一个悠然自得地享受幸福的隐士,虽说一身打扮只是为了来钓鱼,但其所穿上衣实在惨不忍睹。陶展文怀着一种萧索的心情,凝视着他后背上的巨大补丁。

朝东的防波堤畔突然响起了一阵尖锐的汽笛声，一艘精致的丹麦船正要驶离岸边。汽笛起初音色清脆，但不久后声音变粗，在音调陡增了两三次后，又再度恢复了原样。前面一条拖船既浅且宽，犹如一个在酩酊大醉的巨人面前束手无策的小人儿，看起来十分滑稽。在拖船的牵引之下，一艘巨大的灰色船体匍匐前进，黄色的桅杆尖上闪闪发光。船上或许载有很多货物，红色的船腹吃水很深。在海风的推动下，腹中饱满的巨人开始费力地缓缓移动。

天空万里无云，海面熠熠生辉。然而，在陶展文眼中，眼前的景色竟无一不散发出悲伤的气息。

码头上的风吹得比街上更为强烈。垂钓者仍然一动不动。旁边的汽艇却突然发疯般地拉响汽笛，像是在向对面的巨船挑衅。然而，那汽笛声并未持续多久，就变得虎头蛇尾，声息全无——陶展文决定回去了。

横穿过宽阔的海岸大街，终于回到香港上海银行的后门时，陶展文不禁深深地吸了一口气，随后又缓缓呼出。这次散步毫无作用，一切都与去时完全一样，他连一个好办法也没想到。

正在这时，一辆计程车在五六步远的地方停了下来，一对年轻男女走下车，向四周环视片刻后，女子毫不迟疑地来到陶展文身旁，突然用日语打招呼道："你好。"发音十分古怪。

年轻女子从手提包中掏出一个笔记本，用铅笔写了几下，随后递到了陶展文面前——東南大建築物何處？

"就在那里。"陶展文用中文说道，"我正好也要去那儿，一起走吧？"

年轻女子顿时目瞪口呆，张口问道："您是中国人？"

"是的。"

女子脸上浮现出亲切的微笑，并向陶展文介绍了追上来的同行男子："这是我的丈夫,姓顾。"

两个男人相互点头致意。马克·顾刚要伸出手去,却立刻收了回来。在美国握手是普遍的习惯,在日本却不尽然。他此前每每也曾伸出手去,却无数次被对方无视。对方根本不会注意他手上的动作,而是一门心思地留意他的头部,以确保自己能在他行动之前弯腰鞠躬。

"你们去东南大楼有事?"陶展文边走边问道。

"是的,我们要去五兴公司……"乔玉答道。

"啊啊,要去李先生的公司啊?"

"您认识李先生?"

"认识。"陶展文说道,"我和他在同一幢大楼里。"

"啊,是这样啊!"乔玉说道,"您也在那幢大楼里开公司?"

"不是公司,是食堂。我在那幢大楼的地下室里开了一个小食堂。"

陶展文突然停下脚步,问道:"你们找李先生有事?"

"嗯,是的……"乔玉脸上露出疑虑的表情。

"我刚想起来。"陶展文说道,"李先生现在可能不在办公室,他刚才与客人一道乘车离开了。我亲眼所见,应该不会错。"

顾夫妇面面相觑,眼中均浮现出责备的神色。

"在旅馆时提前打个电话就好了……现在可好,事情变成这样!"女子的语调十分尖锐。

"当时不是还不知道能否出门嘛!"男子小声回敬道。但不难看出,他似乎一开始就已放弃了这场较量的胜负。

"只是打个电话而已,连两分钟都用不了,这点儿时间总该有吧?"

男子默然不语了。

"不过,我想他很快就会回来。"夫妇间发生口角,关键时刻,陶展文自然而然地成了出面调停之人。他觉得自己不能保持沉默,便说道,"李先生刚才告诉我,他只是送南洋来的客人回酒店。"

乔玉仍然噘嘴不语。

"不然下次再来吧……"马克小声嘀咕道。

"反正他会回公司的,不如你们先在附近逛逛,然后再来?"陶展文建议道。

"吹风对你的身体可不好。"马克还想说下去,乔玉却故意扭过脸。

"内人有些伤风。"这次,马克望向陶展文,解释道,"明天再来也行,反正不是急事。"

"伤风?那可不行。"陶展文说道。

"她之前一直在发烧。"

"找医生看过了吗?"

"找了医生来旅馆看过,医生说虽然已经退烧,但今天一天最好都躺着不动……可是,内人就是不听医嘱。"

"那可不行。"陶展文说道,"我也是医生——不,算是个赤脚中医,但不管怎样,不听医嘱可不行。"

转过拐角,东南大楼便到了。

"那里就是东南大楼。"陶展文用手指着说道。

"真不知如何是好……"马克束手无策地望着沉默不语的妻子说道。

"李先生很快就会回来吧?"乔玉终于开口了。不过,她询问的对象并非丈夫,而是陶展文。

"我想是的。"

"那我们就在李先生的办公室等等吧!"

"也许要等很久呢?"马克说。

"不如这样……"陶展文又不得不站出来说道,"你们去我店里,在那儿休息一下。我知道李先生的去向,可以打电话联系他。"

"叫李先生回来不太好吧？又没什么重要的事。"马克说道。

"李先生出去也不是为了重要的事。"陶展文说道，"他只是将南洋的大富豪送回旅馆而已。虽说那位客人很重要，但还会在这边待上很长一段时间，所以应该无碍。同为实业家，席有仁自然清楚李先生事务繁忙，想必不会多作挽留。"

"席有仁……南洋的席先生在这边？"乔玉不禁出声问道，脸上浮现出惊讶的神色。

陶展文凝视着乔玉的脸，静静地问道："你认识席有仁？"

顾夫妇在"桃源亭"等了半个小时左右。但二人并非无所事事地呆坐，而是一直在与陶展文聊天。

乔玉仍然心情不佳。虽然退烧令她松了口气，但还是不应该外出。她浑身无力，脸颊发烫，时不时还感到一阵恶寒，却毫无办法。乔玉紧蹙眉头，身体不住地发抖。

"你很不舒服吧？"陶展文以医生的眼光观察着她，口中说道。

"是啊，身上有些发冷。"

"那可不妙。你们最好不要继续等了，马上回旅馆吧……都是因为顾及我，让你们留下来，实在很抱歉。"

"我一开始就觉得很不舒服，您不必介怀。我想外出，就勉强吃药退烧，谁知还是不行。"

"失礼了。"说着，陶展文探出身子，握住了乔玉的胳膊。乔玉一脸诧异。

"我是个兼职医生。"

陶展文测了测乔玉的脉象，然后将手放在她的额上，一时陷入沉思。

"请张嘴……"

乔玉乖乖地张开了嘴。

陶展文将手探入乔玉的头发中，随后又装出一副舔尝头皮的模样。这是特别服务。

"喂，健次！"陶展文朝着厨房喊道，"谁都行，去趟康安药房。"

然后，他又转向乔玉问道："你能喝中药吧？"

"能。"

"好。"

陶展文开了一道处方：

桂皮、三钱。人参、三钱。

芍药、四钱。生姜、四钱。

甘草、二钱。大枣、三枚。

加水两杯半，熬至八分热。

女服务员去买药的期间，三人继续聊着天儿。

两位客人走进店来，要了拉面。他们不时用好奇的目光偷偷望向在角落里用中文交谈的三人。乔玉似乎对他们的视线格外在意，颇为忐忑地悄悄打听那两个客人的身份。

"不用担心，他俩是这里的常客，并非可疑之人，而且都不懂中文。"陶展文说道。

三人开始谈起日本的风习和天气等话题，但都只是义务般地勉强交谈，显得小心翼翼，仿佛都在躲避什么。

直到女服务员拿着一包药回到店里，乔玉脸上才微微现出了一丝如释重负的表情。

陶展文一直将顾夫妇送到了外面。他先顾夫妇一步走上街道，左右张望。不久，一辆计程车应和着他的动作，在大楼前停了下来。

"你没事吧？"在计程车中，马克担心地望着妻子的脸，开口问道。

"那位医生不是说了吗——今天好好休息，明天就没事了。"

"你真打算喝这包药？"

乔玉一边摆弄放在腿上的那包药，一边说道："当然。我很久没喝过中药了，小时候经常被灌。你看这些药，虽然被包裹起来，但气味还是相当浓烈……这味道真令人怀念啊！"

"喝这些东西不会有事吧？"

"这是药啊！"

"可是，那个医生太古怪了，身为食堂店主，竟还兼任医生……你当真打算相信他，喝下这些东西？"

"完全相信！"乔玉断然说道，"我相信他，我并不认为他是个愚蠢的人。"

"我承认他很聪明。"马克说道，"但作为医生……与聪明与否并无关系啊！"

"你看到他舔尝头皮了吧？多有名医风范啊！"

"那可吓了我一大跳，太可怕了。"

"不要说了！"马克刚想继续说下去，乔玉便立刻阻止了他。

她知道丈夫要说什么，但她不想听。至少，她认为不应在计程车里随便谈论这个话题。

二十八、口　信

陶展文于五点五分前拜访了二楼的五兴公司，职员们刚好在准备下班。

"啊，陶先生。"李社长一见到他，就热情地握手表示欢迎。

"我想您这时候该回来了，就过来看看。"陶展文说道。

"我在酒店同席先生聊了一阵，也是刚刚回来。"

"我来没什么别的事。"陶展文说，"在您和席先生离开后，一个叫马克·顾的男人偕同妻子前来找您。他与我在外面偶遇，便向我打听五兴公司的位置。"

"马克·顾？"

"是一个来自美国的二代华裔。他说想见社长，我就告诉他您不在。"

"我不认识这个人啊……马克·顾……是老人吗？"

"不是，年纪在三十岁左右。不过，真正想见您的似乎是他的妻子，据说是您以前的熟人。"

"以前的熟人？"社长歪着脑袋沉思了片刻，"算了，去会客室聊吧！"

"不必了。那位夫人只是托我带个口信，不用坐下来说。她不知您何时能回来，又感染风寒，很不舒服，就早早回旅馆休息去了。总之，她只是要我转告您，她明天上午还会再来。"

"您没问那位说要见我的夫人叫什么名字吗？"

"嗯……"陶展文歪着脑袋想了会儿，"我的确问过她的名字……但真不好意思，我最近似乎有点年老昏聩，什么事立马就忘了……对了，她名字的最后一个字是'玉'……淑玉？不，不是这个。红玉？不，这名字听起来好像苹果，也不是……"

"最后一个字是玉……"李社长凝思片刻，突然说道，"是乔玉吧？"

"对，对，就是乔玉。哎呀，我太健忘了……真不想变老啊！她托我带个口信给您，然后就立刻乘计程车回了旅馆。我们只交谈了不到两分钟。"

"乔玉吗……真是叫人怀念的名字啊！"说着，李社长合上双眼，片刻后问道，"她还好吗？"

"她感染风寒，身体有些虚弱。不过，她说下次再来时，能看得出她一定很希望让您见到她更健康的模样。若非如此，她应该会等您回来的。"

"乔玉……"李社长感慨良深地低声说道，"她已经结婚了吧？我印象中的乔玉还是个孩子，最后一次见面时，她只有十四五岁。如今想来，就如同昨天一般。"

"哈哈，上了年纪的人总是会这样说啊！果然，我们都老了。"

"是啊！"老绅士脸上浮现出彬彬有礼的微笑，点头应道，"如您所见，我的头发也全白了。"

这时，职员们开始陆续离开。

"我们别站着说了,还是去会客室聊吧!"

"乔玉的口信我已带到,没别的事了……"

"喝杯茶吧,正好有铁观音。"

"哦?铁观音?"陶展文两眼放光,"看来我这个馋鬼一见名茶就迈不动步了。"

"到这边来吧!"

李社长叫住了一名拿着提包正准备离开的女职员,并叫她前去沏茶。然而,他的口气听起来,与其说是社长下达的命令,不如说更像是一位颇有风度的绅士的郑重请求。

"请原谅我一直提起年纪……"陶展文在会客室的沙发坐下,开口说道,"我虽想永葆青春,但孩子的成长却清楚地告诉我,自己在逐渐老去。进小学、升初中、考高中,每到孩子入学和毕业时,我心中就会怅然若失。我女儿很快也会嫁人。唉,只是想想,就不由得一阵心痛。"

"我没有孩子。"李社长语调毫无起伏地说道,"不过,若是见到乔玉,肯定也会不由自主地意识到自己的年纪。"

"除了孩子的成长,还有朋友的离世,这也叫人怅然若失啊!"

"是啊。"李社长重重地点头说道,"不久前徐先生的遇害实在令我震惊。阔别二十余年的朋友,才刚见面,还来不及高兴,他就死了——而且还是那样的死法。究竟是谁杀了那么好的老人?警察至今还未确定凶手吗?"

"徐铭义一案错综复杂。既然他向人放贷,就难免遭人记恨。而且,他还与地方政客之间存在着秘密关系,从动机这一点上来看,头绪多得出人意料。还有,虽然有些令人难以置信,其中似乎还牵扯到了男女关系。"

"男女关系?"

这时，女职员端茶进来，带来了一股铁观音的香气。"社长，那我先回去了。"说完，女职员便离开了。

"不过，男女关系这条线索应该是最不可能的。"陶展文啜了一口铁观音，继续说道，"因为那已是很遥远的事了。"

"那最可疑的线索是什么？"李社长问道。

"相较之下，方才提到的与政客之间的关系难道不够可疑吗？"

"我听说，有些日本政客与暴力团体之间似乎存在着密切关系。"

"您指杀手？"陶展文笑道，"在电视里，倒是会经常活跃啊！但如今，以杀人为职业是活不下去的。不过，若是作为临时副业，那就不得而知了。倘若为了保守秘密，或许也有人会拿出一大笔钱来雇用杀手——前提是这样做值得的话。"

"据报纸报道，有个男人吹着口哨走进了徐先生的房间，是吗？"

"那人名叫田村，是那个大人物吉田庄造的侄子。"

"啊，是那个叫田村的人啊！"李社长的声音一直平静得如同一潭死水，但或许是心理作用，有时他的语调也起伏颇大。此刻，他的声音也是如此，像是带着一丝潜藏在深处的激动情绪般说道："听说他是被掺有氰酸钾的威士忌毒死的……不知他为何会去徐先生的房间。总之，吉田氏此前曾派田村来过我这里。对了，你当时不也恰好在场吗？"

"是吗？"陶展文说道，"我们虽在同一幢大楼里，但算上这次，我也只来过两回，第一次是为了通知徐铭义的葬礼……啊，当时有个男人，我前脚刚到，他后脚便离开了。"

"那人便是田村，是他叔父吉田氏派来的……如今想来，真叫人毛骨悚然啊！倘若吹口哨的男人就是田村，那他与徐先生之间存在什么关系呢？"

"通过叔父吉田，他与徐先生之间应该多少有些关系。"

"报纸上大书特书,将吹口哨的男人描写成了谜一般的人物,警察似乎也在尽力搜寻那个男人的下落。"

"他们猜错了。"不知从何时起,陶展文的语调也变得和李社长相似,如此重要的断言,他说起来竟然无比轻松。

"哦?"李社长脸上掠过一丝疑惑的表情,但转瞬即逝,"吹口哨的男人出现之前,徐先生还活着吧?我听说当时还有目击者。"

"是咖啡馆的女招待。"

"没错,报纸上也有报道。"

"谋划周密的犯罪是很难找到破绽的。"陶展文说道,"如此一来,就只能从动机上寻找突破口。例如,针对田村遇害一案,警察就在拼命调查田村的过去。总之,按照常理,犯罪的动机一定隐藏在被害者的过去之中。不过,田村辗转更换过多个职业,需要调查的范围大得难以想象,连警察也束手无策。若要逐一调查,想必会万分辛苦。"

"那会是很大的工作量啊!可是,难道他们不能再缩小焦点覆盖的范围吗?我得知田村当日拜访过徐先生后,突然觉得田村一案与徐先生一案必有关联……若将焦点集中在两个案件的相关部分,也许就能查出什么,不是吗?不过,连我这样的外行都能想到这一点,警察想必早已着手展开调查了。"

"事实上,警察还不知道吹口哨的男人就是田村呢!"

听闻此言,连李社长也不禁目瞪口呆。

陶展文将视线移向窗外。夕阳已经西下,街道渐渐被一层暮色浸染。此时正是下班时间,走廊里一片嘈杂。从工作中解放出来的女职员们身穿各种颜色的大衣在大楼前的街上穿梭,红、蓝、黄、绿……

"我知道很多警察不知道的事。"陶展文微笑道。

李社长默然不语,似乎不知说什么好。

陶展文继续说道："我之所以未将所知之事告诉警察，是有原因的。警察想必已经查明徐铭义同田村之间的关系，因为田村笔记本里记录的一串数字与徐铭义被杀前一天从银行取出的现金金额完全吻合。说不定，警察也猜出吹口哨的男人就是田村，但那也仅是猜测而已。但我却知道那是事实。我之所以保持缄默，是因为我认为此事与案件的本质并无关系。"

"看来您对此案的内幕所知颇多啊！"

"没错。"陶展文说道，"我还向警察隐瞒了一件事。根据管理员的证词，您刚一离开，就有一个男人拜访了徐先生。至于那人是谁，警察尚未调查清楚，不过我知道。那个男人虽然隐藏行踪，还是被我查明了。我明天一定会抓住他的。"

"您比真正的警察还要厉害啊！"李社长目不转睛地盯着陶展文魁梧的身躯说道，"您抓住那个男人后，准备将他交给警察吗？"

陶展文摇头："能不交则不交。"

从方才起，李社长便已注意到，陶展文懒洋洋地闭上了双眼。当他摇头时，两眼才微微睁开一条细缝。他口中嘀咕着"徐铭义真可怜"，眯缝着的双眼后面闪过了一道光芒。

"确实很可怜啊！"老社长也不停地眨动双眼说道。

"说起来，您可是徐铭义的老朋友了。我和徐铭义至多不过十几年的交情，您才是他真正的老朋友。"说着，陶展文翻找口袋，掏出了一个圆圆的象牙棋子。

"这个给您吧！"陶展文说道，"我本打算将它作为徐铭义的遗物留下，但我已被选为死者遗产管理人之一，可以物色其他物件。您是徐先生的老朋友，所以还是先把这个给您吧！徐铭义对棋子十分看重。他以前有一副木雕的好棋子，但染上了墨水，就给了朱汉生，这个棋子是他新买的。他那个人是绝对不会用有瑕疵的棋子下象棋的。"

李社长接过棋子，端详了许久，"是象牙的，这棋子很精致。他以前就喜欢下象棋。"

"是啊！"陶展文说道，"徐铭义爱好下象棋，我们总是在他的房间里对局。那一天，我们也是很久没有较量过了。之所以说很久，是因为在象牙棋子买回之前，手头一直没有棋子。对了对了，我们当时激战正酣，您便来了。我想起来了，就是在安记公司的朱汉生和徐铭义对局之时。那一局是朱汉生赢了。或许是看到您大驾光临，徐铭义便无法深思熟虑，以至于落子匆忙。他棋力很强，极少会像那样完败。"

"我也记得。"李社长说道，"当日，我本欲同徐先生商量与席先生会面之事。"

"不过，对朱汉生而言，您的到来却是好事一桩。在那之前，朱汉生一直输棋，那一局的胜利令他十分开心，连棋盘都被他撞翻了。"

"对对，没错。"

"他手忙脚乱地去捡棋子，却并未发现，一枚棋子夹在了他裤子的折边里，若无其事地回到家中，却被我发现了那枚棋子，便留了下来——也就是这枚棋子。"

"原来如此。那我就收下了，我会将它作为不幸旧友的宝贵纪念好好珍藏的……"

李社长目不转睛地凝视着刻在棋子上的红色"帅"字。

"李先生。"陶展文起身说道，"您也快回家了吧，请原谅我说了这么多无聊的事……那我就先告辞了。"

"不如再聊一会儿？"李社长说道，"反正我回家也无事可做。我虽已这把年纪，却还是一个人生活。"

"我来只是为了转达乔玉的口信，如今口信已经带到……对了，您和乔玉究竟有多久没见了？"

"十年……也许更久吧！"

"如此说来，这次会面一定十分感人，我真希望能作为见证人见识一下啊！"

"见证人不是已经有她的丈夫了吗？而且，您明天要去抓人，想必会很忙的。"

"我会提前解决的。总之，我无论如何都希望能到场看看你们会面的情形啊！"陶展文温柔地笑道。

李社长也微笑道："我们虽在同一幢大楼里，却一直没机会多多亲近，若是能早些认识您就好了。"

陶展文来到走廊，李社长也随后相送。

"我送您到楼梯口吧！"

"谢谢。"陶展文并未强行拒绝。

楼梯旁边的上方有一个正方形的窗户，可以看见部分天空，一个红色的广告气球正在那里飘荡。

"恕不远送，我还要回办公室稍微收拾一下——是的，必须善后才行。"说着，李社长伸出手去。

"谢谢您特意送我。"陶展文握着老社长的手说道。

李社长容颜枯槁，宛如深山里的老僧一般，其俊雅的脸庞也显得黯淡无光。

陶展文刚走下两三级台阶，身后的李社长仿佛突然想起了什么，开口问道："乔玉夫妇住在哪家旅馆？"

"嗯，叫什么旅馆来着？"陶展文转过身来，"我的确问过他们旅馆的名字，但已经忘了。哎呀，真是老了啊！"

"既然乔玉身体不适，我不欲打扰，只想打个电话，听听她那令人怀念的声音。"说着，李社长居高临下地凝视着陶展文的双眼。

陶展文沉默不语。然而，片刻之后，他的脸上便浮现出春风般的温暖微笑，开口说道："我终于想起来了，叫东方旅馆。是啊，要是您打电话过去，她一定会很开心的。"

李社长仿如枯木般地伫立原地，目送陶展文走下台阶，消失在一楼走廊的拐角。

二十九、是 夜

晚饭后，陶展文坐在卧室桌子边翻开了《灵枢素问集注》。可是，他的眼珠一动不动，似乎并未在看。

《灵枢素问集注》是中国医学古籍。

著名的《三字经》以"人之初"开头，这本医学三字经便加以效仿，以如下语句开篇：

医之始 本岐黄 灵枢作 素问详
难经出 更洋洋 越汉季 有南阳
六经辨 圣道彰 伤寒著 金匮藏

神话时代的"黄帝"被认为是中国医学的始祖，而成书于汉初的《灵枢》九卷、《素问》九卷则是现存最早的医书。随着医学日渐兴盛，汉末南阳又出了个张仲景，著有《伤寒杂病论》和《金匮玉函经》。

医学三字经又有言道："后作者，渐浸淫……"也就是说，后世的医书不值一看。

《灵枢》《素问》之于医门，便如五经之于儒门，被世人称作是医生必读之书。然而，古代医书中多有五行阴阳说，以及人自天承"德"、自地揽"气"等理论，但陶展文无论如何都无法习惯这些。他读得最多的反而是那些被评为"渐浸淫"的后世医书。很久前他便在想，虽然医生并非自己的本职，但既然要为人诊病，纵然当作义务，也必须阅读古典医书。

如今，他面前便摆放着一本成书于西历纪元前的书籍。

灵枢天问篇有曰："夫百病之始生也……"

尽管陶展文格外想读，却无论如何都读不下去。

八点，小岛赶来。

"我去过店里，您不在，我就到这儿来了。"

"嗯，我今天回来得早。"陶展文说道。

小岛只坐了大约二十分钟，其间一直用探询的目光望着陶展文的脸。

"陶先生，您似乎对此案知道些什么。不，不要否认，我觉得您的确已有所发现，能否稍微透露一二？只捡些方便透露的就行。"

二十分钟的时间里，小岛无数次地重复"您应该知道些什么"，不断地追问。

然而，陶展文脸上一直带着无从捉摸的笑容，对小岛置若罔闻。

最终，小岛失望离去。从离开时的态度来看，他已经忍无可忍了。

八点半，陶展文给东方旅馆打了个电话。接电话的人是马克·顾。他告诉陶展文，他们并未接到任何电话。

陶展文再次翻开《灵枢素问集注》。

素问脉要精微论曰：夫精明五色者，气之华也。

　　陶展文无论如何都想要理解这本书，心下不禁暗自焦急。而且，他知道自己此刻的状态最适合去抓住古代医学的精髓。他总觉得，只有在极度懊恼、郁闷的状态中，才能领会到阴阳五行的哲学性医学，何况这本书还是他从书架角落里翻出来的，起初上面满是灰尘。不过，同此前一样，他没能流畅地阅读三行以上。不到一分钟，他的眼珠就变得一动不动了。

　　九点半，陶展文再次给东方旅馆打去电话。这次接电话的人是乔玉，她表示仍未接到任何电话。

　　"你必须好好睡觉啊！"陶展文以医生的口吻说道。

　　"我感觉好多了，托您的福。我想，一定是那包药生效了。"

　　"万万不可掉以轻心。以你现在的身体状况，短时间内都不要乱动。现在立刻上床睡觉。"

　　"可是，我很兴奋，睡不着。"

　　如其所言，电话线里传来的声音的确显得颇为兴奋。

　　"就算睡不着，也要躺下，知道吗？"陶展文下命令般地说道，随后便挂断了电话。

　　他胡乱地翻开书页。

　　"素问宣明五气篇——阴病发于骨，阳病发于血……"只读了两句，他的双眼便不由自主地闭了起来，很久不曾张开。可能眼睛闭得太久也会累，偶尔他也会微微睁开，但很快又紧闭如初。

　　女儿羽容端茶走过来，在他面前一动不动地站了足足五分钟，陶展文似乎都毫无察觉。

　　羽容扑哧一声笑了出来，开口说道："爸爸，您好像一尊佛像，一动不动地坐在这儿，干吗呢？"

听到羽容的声音,陶展文只是微微动了动身体。

"我在等电话。"他闭着眼睛答道。

十一点十分前,电话铃响了。是马克的声音。

"李先生给乔玉打电话了。是的,刚刚挂断,好像只是来叮嘱乔玉保重身体……虽然只是普通的探病电话,但您说过,接到电话就要通知您……可是,您为何对电话如此在意?"

"只要接到电话就行了。对了,乔玉现在呢?"

"她还没睡。她说打电话会被你骂,所以就由我打来了。"

挂断电话后,陶展文长长地叹了口气。可以明显看出,他的脸已经恢复了生气,他又再次望向了《灵枢素问集注》。

"……阴病发于肉,阳病发于冬,阴病发于夏,是谓五发。"

读完这一段,陶展文"啪"的一声合上书页,说道:"还以为终于能理解《灵枢》《素问》了呢,没想到又回到了原来的状态。"

三十、翌　晨

翌日清晨七点整，小岛飞一般闯进了陶展文位于北野住宅区的家中。

一如往常，陶展文正在练习拳法。他面朝竖在庭院角落里的稻草包，正在尝试奇怪的跳跃动作。他先做出向左奔跑的姿势，却突然半转身体，瞬间以脚踵向上踢向稻草包。稻草包被踢中的部位正相当于人体的胸口位置。

"来练习啦？"陶展文停止跳跃，打了声招呼。

"练什么习！"小岛情绪偏激地板着脸，口中说道，"又有一个人被杀了！"

"哦？这次是谁？"陶展文一边摆正稻草包一边问道。

"是五兴的社长。"小岛说道。

"这次是如何被杀的？"陶展文镇静地问道，"短刀？手枪？还是和田村一样被毒死的？"

"陶先生！"小岛的声音虽然低沉，却满藏着一股强烈的愤怒。

"怎么了？"陶展文推了一把稻草包，终于转身面向小岛。

"这就等同于是您杀了他！"小岛的语调十分尖锐。

"这么说是什么意思？"陶展文冷冷地反问道。

"您已知晓内情。我虽然不清楚您知道什么，但我从您的态度就能看出，您的确了解内情。可是，您却袖手旁观，毫无作为，所以李先生才会遇害。"

"我再问一次，是手枪吗？"

"不是，是煤气——煤气中毒。"

"是煤气啊……"陶展文瞬间闭目，随后又立刻睁开他那双铜铃般的大眼，说道，"如此说来，他是死于意外。"

"不是！"小岛立刻张口叫道，"有人打开了煤气开关，导致煤气泄漏。李先生昨晚似乎喝过酒，但我确信，打开开关之人绝不是他，而是另有其人，就是杀害徐先生和田村的人！"

"早晨的气候这么冷，为何你的头脑却如此不清醒呢？"

"我很清醒。我也开始逐渐了解案情的大概了。三人遇害——他们彼此之间均有联系，而核心人物便是南洋的大富豪席有仁。从某种意义上来说，这三人不都与席有仁之间存在一定的关系吗？"

小岛一口气说完，有些喘不上气，不得不调整了一下呼吸。呼出的白色气息扩散到冬日清晨的寒冷空气中，很快便融入其中，消失无迹。他继续说道："五兴的李先生是席有仁的采购代理，听说他们之间还牵涉个人恩义。所以，李先生若是死了，会怎么样？不是所有人都能和席有仁做交易了吗？"

"你又觉得吉田嫌疑很大？"

"无论我如何排除，脑子里都会浮现出吉田，只可惜毫无证据。陶先生，说不定您……不，您一定知道些什么。"

"小岛君。"陶展文语声温柔地说道，"我的确知道一些情况。坦白说来，我也知道谁是凶手。"

"陶先生！"小岛发出惨叫般的声音，"你为何袖手旁观？！至少可以救下最后一个人的。"

陶展文静静地摇头道："我是有九成把握，不，可以说有九成九的把握。不过，我需要确认，只有见到辻村才能完全确定。"

"如此说来……"听闻此言小岛变得愈发愤怒，"就因为昨天没能见到辻村，李先生才……岂有此理！你根本就不想见辻村！却说什么已有九成九把握，分明就是借口……你是在怪我昨天没带辻村过去吗？所以便要将责任推到我的身上？"

"并非如此。"陶展文说道，"事到如今，辻村已经不重要了。只不过，见到他可以为整个事件画上一个句号，也不错。小岛君，我们就按照约定时间，到朱汉生那里见见辻村吧。我现在要去李先生那儿，为他上一炷香。"

九点十分前，陶展文来到"桃源亭"报到。一个年轻的女服务员正一边哼着流行歌曲，一边擦桌子，见他进来，便用手指着柜台说道："啊，老板，这儿有您的信。"

柜台上放着一个白色的信封，陶展文伸手拿了起来。

陶展文先生台启

墨痕淋漓，字迹隽秀。信封正面只写了这样几个字，并未写明地址，自然也没有粘贴邮票，拿在手里沉甸甸的。为慎重起见，陶展文将信封翻过来看了看背面，背面只写了一个字——"李"。陶展文有很多姓李的朋友，但他很清楚写这封信的"李"是谁。那人应该是会给自己写信的，对此，他多多少少还是有所预测。

"应该是昨晚被人扔进来的，不是邮递员送来的。"

信封上没有贴邮票，所以这种简单推理连女服务员也能做到。

"也许吧！"陶展文说道。

女服务员又开始哼唱起流行歌曲，旋律听起来令人不太舒服。

健次似乎正在后厨刷锅，水声"哗啦啦"地，还有刷子摩擦锅底的声音也很刺耳。

陶展文觉得，不能在这种地方读这封信。应该找个安静的咖啡馆，坐在角落里慢慢看。可是，在这个时间就不太好说了。清晨的饮食店可能大多都与"桃源亭"差不多。虽然不清楚是否会刷锅，但肯定会清洗碟子、杯子之类的器具，或许也会有女招待擦桌子。倘若运气不好，甚至可能会有人用扫帚在脚边"唰唰"地扫地。

陶展文看了看时钟，距百货商店开门营业还有一段时间。应该提前去等商店开门，进去后立即搭乘电梯直达天台。一大早刚刚开门营业，天台上的婴儿车应该不会启动。在这附近，若想找个能慢慢看信的地方，就非百货商店的天台莫属。

陶展文将信塞进了口袋。

电话铃响，女服务员停止哼歌，向电话跑去。

"喂，您好，嗯，在。请稍等。"说完，女服务员将手中的听筒递给陶展文。

"啊啊，陶先生？是我，老汪。我正在华商俱乐部呢！"

华商俱乐部的领导——汪氏那嘶哑的声音涌入了陶展文耳中。

"您所在的大楼里有家五兴公司，那家公司的社长昨晚因煤气中毒身亡了。您听说了吗？哦……啊，是吗？您知道就好了。其实是关于那位李先生葬礼的事，能否请您担任治丧委员长呢？"

"治丧委员长不是您的专利吗？"陶展文说道。

"可是，我和李先生并不熟，毕竟他来这边还不到一年，我也没机会与他来往。不，不仅是我，李先生似乎与所有国人都鲜有来往，而且也没有什么像样的朋友，真叫人为难啊！既然您和他在同一幢大楼里，可否由您担此重任呢？"

"其实，我和李先生也不太熟。"

说着，陶展文摸了摸口袋。那封鼓囊囊的信正躺在兜里，尚未拆封。

"陶先生，拜托了。我自然也会帮忙的。实在不行，我也可以担任名义上的'友人代表'，只是这次真的无法担任委员长了。对于素不相识之人的葬礼，就算是我，也无法担任委员长啊……"

三十一、辻村现身

约定的见面时间是两点,但当陶展文出现在朱汉生家的会客室时,时钟的指针已经指向了两点十五分。

小岛正在吸烟。从烟灰缸里的烟蒂可以看出,他已在这里等了很久。他身旁坐着一个矮小的男人,一副魂不守舍的模样,而在其身旁则端坐着一个身体结实的中年妇女。不用说,这两人便是辻村和他的姐姐。

辻村身材矮小,犹如孩童一般,只怕还不到一米五,与管理员清水的描述一模一样。但他虽然身材矮小,胡须却格外浓密,从脸颊一直到下巴,一片刮过的青色胡根痕迹。见到陶展文进来,他便站起身来,又被劝说着重新坐回椅中,低垂着头,双手老老实实地放在腿上。柔软的黑色汗毛爬满了他的手背,彼此纠结缠络。想必他的胸毛也是异常茂盛。

一同前来的姐姐则与弟弟不同,虽然她体型健壮,但作为偏居乡下的妇女而言,其措辞以及态度都非常讲究。

"我完全不知道是怎么回事,但我看弟弟的样子,就知道此事并不简单。因为您说与警察毫无关系,所以我一狠心就将他带过来了。"寒暄过后,辻村的姐姐开口说道。她给人一种见惯世面的感觉,或许是在农村的妇女会或是 PTA 聚会等场合积累了不少实际经验,看起来像是一位团体干部级的妇女。

辻村仍旧低垂着头,一直不肯仰起脸来。他的身体僵直,一眼便能看出他戒心重重。朱汉生的女儿端茶来时也是,门刚一动,他的肩膀就猛然一震,好像肌肉突地一齐收缩。看来他内心一直都在担心,怀疑这会不会是一个陷阱。

"辻村先生。"陶展文的声音中满带倦意,"之前星期日的晚上你曾去过'鸥庄',对吧?"

辻村的肩膀又是一晃,反射性地猛然抬起头来。

陶展文似乎迫不得已般地以冷冰冰的声音继续说道:"你进了徐先生的房间,却发现那位老人已经死在床上,你大惊之下便想逃跑。对吧?"

辻村的姐姐大吃一惊,一把抓住弟弟的胳膊,张口说道:"甚吉,你……"

辻村的视线一直凝聚在陶展文的脸上,表情不置可否。

"不过,你想起了一件很糟糕的事——你给徐先生写过威胁信。"

"啊!"听到"威胁信",辻村终于情不自禁地张口轻声喊道。

陶展文毫不在意地继续说道:"徐先生遇害,威胁信若被人发现,自然属你嫌疑最大,而且你当时就在徐先生的房间里,根本没有什么不在场证明。于是,你觉得必须取回那封威胁信。当时,你的脑中想必已是一片混乱,但你很快就找到了威胁信,因为它就放在抽屉里,一打开就能发现。大概没用五分钟就找到了吧?你将威胁信塞进口袋后准备离开,但此时你已经冷静下来,恢复了镇定。你看见了桌上的手提保险箱,便想到里面应该放有借据。你悄悄伸手开箱,却发现手提保险箱并未上锁。于是,你翻找了里面的物品。虽然不知你向徐先生借了多少钱,总而言之,那张将你逼上绝路的借据就在里面。于是,你又偷偷拿走了借据。接着你要做的就是拼命逃离现场。你以冲破敌阵的气势,一口气从公寓正门跑了出去。我想,在那之前你一定从未去过'鸥庄',因为管理员对你的相貌并无印象,而且,你也不知道'鸥庄'有个后门,那可是绝佳的逃离路线……我说的没错吧?若有不对,请你指正。"

陶展文说话时,辻村一直盯着他。但陶展文对他的目光却毫不在意,口中不曾停顿,简直就像在小声地照本宣科。

说完这些,陶展文显得无比疲惫,便将身体靠在椅背上,点了一根烟。

"我的确去了那里。"辻村也许早就准备好了说辞,语速极快地说道,"那老爷子对我说过,如果我不能按期还钱,他就要去我的公司扣押我的薪水。我之所以去他家,就是想拜托他不要那样做。至于威胁信……那并非我的本意,只是当时正在气头上,又有些自暴自弃……"

"也就是说,我说的没错了?"说着,陶展文深深地吸了一口烟,缓缓吐出一道细细的烟雾,向上飘去。或许是烟雾迷眼,他闭上了眼睛。

"若说有误……"辻村考虑片刻,开口说道,"那就是保险箱的盖子从一开始就是开着的,那不是我打开的。不过,合上箱盖的倒是我。"

"原来如此。"陶展文说道,"还有其他说错的地方吗?"

辻村摇头:"大体都和您说的一样。"

"大体?"

"我后来戴上手套,将可能留下指纹的地方擦了一遍,比如保险箱的箱盖、抽屉和门把手,等等。"

"真了不起啊，惊慌失措之余，你竟然还能想到指纹的事。"

辻村似乎稍稍解除了戒心。

"然后，我又脱掉鞋子，穿着袜子打算擦掉脚印。"这个矮小男人半带得意、半带自暴自弃地说道，"我不知道哪里留下了脚印，就用脚将周围胡乱地擦了一遍。"

"然后就离开了？"

"是的，我光着脚一路跑到了公寓正门那里。"

"光着脚？如此说来，管理员简直就是睁眼瞎啊！"

"警察当真对此事一无所知吗？"辻村担心地问道。

"应该是的。"陶展文答道，"不过，这倒并非因为你小心地擦掉了指纹和脚印，如果只是如此，你很可能还是会被警察调查。"

"那是为什么？"

"虽然你将威胁信和借据都拿走了，但那老人却在账簿上记得清清楚楚——辻村于何时借了多少钱，尚未归还。只不过，在你离开之后，有人帮你毁掉了那本账簿。正因如此，你才能平安无事。"

"啊？"辻村顿时目瞪口呆。

陶展文带着一种公事公办的态度，似乎只想尽快做完该做的事。他以极快的语速说道："你今后应该也不会被警察传唤，但以防万一，倘若你被警察调查，可以将方才所说的话全部坦白。当然，如此一来你就会受到怀疑，但那时你可以联系我，因为我手中有物证，这份证据能够证明你无罪，警察看后就会很快将你释放。好了，请放心回去工作吧，但不要以为所有事情就此了结了，要记得你从那老人手里借过钱。虽然不知你借了多少，但不要以为徐先生一死，这笔账就可以一笔勾销。我也不是要你马上还钱，但希望你能将这件事记在心上。"

说完，陶展文站起身来，代表谈话到此结束。

"虽然我不太明白……"当陶展文准备离开时,辻村的姐姐又重复说着与来时一样的话,"既然您有证据能证明舍弟无罪,我就真的放心了。而且,我也大概知道舍弟逃走的理由……至于舍弟不检点的行为——也就是借的那笔钱,我会想尽办法让他归还……"

姐弟二人起身离去。待到二人的身影消失不见,小岛突然抓住陶展文的胳膊,猛烈摇晃起来:"那人进入房间的时候,徐先生已经死了?这么说,凶手……怎么可能……后来还在下象棋的,难道是……"

"我本打算不告诉任何人的,但你今早那般迁怒于我,仿佛我是一个十恶不赦的大恶人。我也要证明自己的清白,所以就告诉你吧!"

说着,陶展文从口袋中掏出那个厚厚的信封,将其拆开,足足十张以上的信纸从里面滑了出来。

"这封信就是我方才所说的以防万一的证据,今早收到的,寄信人只写了一个'李'字,当然,就是五兴公司的社长。信是用中文写的,我将大概内容翻译给你听吧!"

三十二、自白书

展文兄：

我望着你走下楼梯、转过走廊拐角，然后就回了办公室。办公室里只剩下一个职员，而且他也穿好大衣了。"社长，再见。"——他向我打了声招呼，我也说了声"再见"。然而，这声告别并不是仅仅对他一个人说的。

我来到桌前，因为我必须给你写封信。虽然脑中突然闪过一个念头，觉得这样显得有些恋恋不舍，不过，我还是拿起了笔。这次的事件，若有其他人被怀疑成凶手，我也将寝食难安。虽不知你是否答应，但我有一个不情之请——倘若没人被怀疑成是凶手，希望你尽量不要公开这封信。

你方才佯作不知的样子相当有趣，还说"只交谈了不到两分钟"。我起初并未在意，竟相信了你的这番话，但说着说着，我就逐渐明白了——你已经知道了我的真正身份。

即便如此，在提笔之前，我也曾无数次想过——"等等，说不定陶展文并不知道呢？"当然，这不过是我心存幻想的猜测罢了。你的话令我不得不彻底觉悟。无论我多少次重复自问自答，幻想成真的可能性都是微乎其微——一切都崩毁了。

你说你同乔玉只交谈了不到两分钟，那是不可能的。你一定趁她心情不佳之际，花了很多时间，将想问的事情打听清楚。你布下了一个陷阱，那是一个闪闪发光的精致的陷阱，或许连你自己看着它都会感到沉醉。不过，我并不想恬不知耻地跳进你的陷阱，你可能也不期望如此。你的话语中曾多次不经意地流露出这样的想法，而我当时看你的目光也的确颇带感激。

我们只是泛泛之交——不，或许连交情都谈不上。可是，你却将我视为朋友，对我心怀怜悯。又或者，只因我们同为中国人，你不忍看我踏上那个满是冷酷锋刃的陷阱。也许是我想太多了，可能你只是太讨厌我，害怕我丑恶的血液玷污了你那闪亮的陷阱。但即便当真如此，也没关系，我喜欢你。在仅存的这几个小时里，除你之外，我不想和任何人说话。不知为何，我能从你身上感受到一种巨大的包容。虽然这样会给你添麻烦，但我希望能在你宽广胸怀的包容之下死去。

我想，你已从乔玉口中问明了我的事情。曾经的上海兴祥隆银行董事长李源良并不是我，我只是他的秘书，本名李东昌。现在，这个名字让我觉得无比眷恋。

兴祥隆银行是李源良之父所创，家父则辅佐其父，功绩卓著。我和李源良自小便在一起长大。虽然我们的父亲结成了同志般的关系，但或许是周围人有意为之，两个儿子之间却近似于主仆的关系。从小学到大学，我们都是同班。虽然不值一提，但我的成绩一直比他好。他经常将作业之类的推给我做。不过，他一直极为稳重，并非暴君之流。只是，当他说"作业就拜托你了"时，他坚信自己不会遭到拒绝，而我也无法拒绝他的要求。说句不好听的，若非和我在一起，他恐怕连大学都无法毕业。

步入社会以后，我们仍在一起。李源良注定是会坐上银行董事长的宝座的。虽说是银行，但并没有推行近代化体制，董事更换还是一如既往地实行世袭制。我的未来注定也要和父亲一样，成为银行的干部。踏入社会伊始，李源良便是董事长实习生，我则被安排在背后辅佐他。说到辅佐，那自小便是我的职责。

提到操纵李源良，那是我的拿手好戏。在很小的时候，我还时常觉得难以应付，但随着长大，就逐渐变得轻松起来了。长大之后，他也清楚自己才能有限，便干脆决定将所有事都交给李东昌，肯定没错。他也曾多次贸然独力而为，均以失败告终。等到大学毕业，他就不再那样冒险了。结束学业后，他立刻成了董事之一，需要出席会议。不过，他在会议上所做的发言都是我事先告诉他的。听了他在工作会议上的发言，大家都很钦佩，纷纷称赞"少爷真有见识"，他的父亲自然更是笑得合不拢嘴。

人们将他大夸特夸，说李源良很快就会超过其父亲，成为一个大人物。表面上，受到称赞的是李源良，但实际上却是我李东昌。由于李源良被视作前途无量的青年才俊，负责经济方面的报刊记者便前来找他做访谈，他却这样说道："访谈这种形式太过松散，不如我写下来给你吧！控制在多少字内为宜？"如此一来大大节省了时间，记者不禁大喜过望。李源良也很聪明，这样做就不必担心因说错话而露出马脚。而且，他根本无须绞尽脑汁写文章，这些一直都是我的工作。

你也许会想——这个可怜的人竟会被资质不如自己的同龄人使唤。其实，你大可不必如此同情我。表面上是他在使唤我，但换个角度来看，可以说他才是被使唤的人。因为若没有我，他什么都做不了。相反我甚至很满意自己的地位。我的满腹经纶——这样说有些夸张——总之，我的一些想法通过李源良渐渐得到实现。对青年时代的我而言，已经心满意足。为了我的名誉，我先声明——我对地位之类的渴求并不强烈。

当时我和中国所有的知识青年一样，也是个热血的爱国青年。要想唤醒濒临衰亡的祖国，首先便应该增强国家的实力和财富。于是，凭借自己所学的专业知识，我描绘了一个提高国家经济实力的美梦。在学生时代，我曾偷偷地以《中国经济发展纲要》为题，制订了一个惊人的庞大计划。按照我的计划，天津会成为拥有十五个防波堤的不冻港，扬子江河口处将建设一个取代上海的大都市。

就这样，学生时代的我整日沉浸在浮躁的幻想中，编织着可笑的春秋大梦。然而，步入社会之后，我却得到了一个基础牢固的真实舞台，足以让我大展身手——那便是兴祥隆银行。虽然实现我梦想的舞台规模变小了，但它却让我为梦想所画的每一笔都变得清晰明了。若是境遇平凡的青年，只怕会因此而经历一次挫折，以至于理想破灭，眼睁睁地看着自己的梦想如淡淡白雪般在现实面前消融无踪。摊开在他面前的是枯燥的账簿，眼中充斥着灰色的数字，耳畔回响的都是无聊的算盘声。但幸运的是，我是辅佐李源良。他并不是一个境遇平凡的青年，而是从几十万人中被选出来的唯一一个幸运儿。可是，偏偏正是这样的家伙经常却无法利用其境遇的恩宠，李源良也不例外。因此，我就代他好好利用了一番。

李源良本质上是享乐主义者。他喜欢悠闲度日，比如拉小提琴或是画画。但音乐也好、美术也罢，他都不会一门心思地深入钻研，只是出于娱乐而已。此外，他对当时逐渐兴起的话剧也很有兴趣，便与同好一道组建了业余剧团，并以演员的身份登台表演。尽管只是同学校演出差不多的水准，但他也算得上是一个高明的演员。小提琴和画画对他的现实生活没有任何帮助，但唯独演技，在某种程度上给他带来了正面影响。当他在会议上陈述我教给他的意见时，他总是能成功地表现出与该意见持有人相符的态度。

我的意见通过李源良之口说出，并非总能得到认可。因为精打细算之下，相较于不稳定的民族工业家，向那些囤积棉花的投机业者们融资要有利得多。但慢慢地，银行干部们开始清楚继任董事长所持态度为何了。李源良是即将支配整个银行的大人物，任何人都不会不把这件事放在心上。而所谓的"大人物"，不是别人，正是我。就这样，我慢慢地替银行的干部洗脑，静待时机。

李源良的父亲死后，我的时代便到来了。我得到了银行的完全控制权，但我并未谋取董事长的职位，而是成了李源良的秘书——这样就足够了。如今，李源良就是我，我就是李源良。

自李源良就任董事长后，兴祥隆银行的性质发生了显著的变化，世人都认为这是因新董事长的性格所决定的。我还记得，某家报纸刊登了这样一则评论："年轻的董事长具有强烈的理想主义倾向，似乎已决意率领兴祥隆银行成为民族产业的支柱。然而，这位年轻的董事长恐怕很快便会醒悟到自己选择了一条多么困难重重的危险之路。"另外一家报纸则这样写道："年轻的独裁者李源良莽撞地冲上了一条荆棘密布的道路，很快，他就将变得浑身鲜血淋漓。"自然，被这些评论激起发奋之心的并不是李源良，而是我。李源良当时只是一边将烟灰弹在报纸上，一边若无其事地说笑道："呵呵，这帮家伙尽散布些陈词滥调来攻击我。"

李源良是我的面具，通过这个面具，我成了银行的独裁者。其中既有过失败，也有过成功。当失败时——比如贷款的工厂破产，人们就会冷笑，"看吧，活该！"但冷笑也好，白眼也罢，李源良一概置若罔闻。因此，人们愈发将他视作境界极高的大人物，却并未看见真正的统治者在后台咬牙切齿地流下懊悔的泪水。当成功时，那些人就会纷纷称赞，"哎呀，不愧是李源良，真是胸怀大度的俊杰之才，比他老爸还要厉害！"李源良则摆出一副事不关己的模样，在董事长室里打开速写本，聚精会神地为桌上的墨水瓶写生。那些人并不知道，满脸喜色的木偶师为了不让观众听到，正在极力忍住喜悦的呼声。

我之所以絮絮叨叨地说这些，是想让你知道，李源良的所作所为其实全部都属于我李东昌。

当南洋的席有仁面临事业危机，被所有银行拒之门外，最后不得不来向兴祥隆银行寻求援助时，他想必早已不抱任何希望。当时，我和李源良同在避暑地，但并非在游玩。李源良吱吱嘎嘎地拉着小提琴，我则在一旁研究席有仁的融资申请书（或许应该称作恳求书），并且仔细审查了关于新加坡瑞和企业的调查资料。兴祥隆银行的地盘仅限于上海一带，我当时刚好在想，是时候与南洋建立关系了。但为了在南洋华侨中间拥有立足之地，就向当前生意兴隆的企业低头，这种做法太过愚蠢，也不会有太大的发展。虽然会走弯路，但我们必须抱有慢慢培养的决心不可。我从很早以前就有这种想法，因此便觉得席有仁的申请是一个绝佳的机会。那是一种赌博，而且是极其危险的赌博。

我自言自语道："搏一把吧……"李源良就在旁边，但我并未同他商量，凡是工作上的事从来都是我一个人拿主意——"好，搏一把！既然要借，就不能吝啬，只能维持一时的金额是不行的，必须超过席有仁申请的金额——必须要保证能从根本上令瑞和企业重新站起来，以谋图更大的发展。"

李源良停止拉小提琴，开口说道："又要赌了？"他的话中既无嘲讽，也无抗议，"如若失败，人们会说什么呢？希望他们能发明些有趣的新词汇。"——他只关心这些。我将盖有董事长批准印章的文件交给了银行，就是这份文件拯救了席有仁。董事长的印章一直由我保管，而且他的所有信件都是我写的。到了后来，甚至连银行职员也将我的字当作是李源良的笔迹。

席有仁是一个精力旺盛的怪物。得到融资的认同书后，他便立刻返回新加坡，专心致志地开始着手企业重建。一年后，他便将贷款悉数还清。为了还钱，他亲自来到上海，但李源良和我当时正在欧洲旅行，视察业务。准确地说，李源良是去各个美术馆、剧场和音乐会，我则是去视察各地银行。

席有仁得到融资后，每月都要对其事业状况作两次详细的报告，简直殷勤得过度，而且每次都会说些感谢的话。可以说，只要是这个世界上有的所有感谢的表现方法，皆已被他收罗殆尽。我一般每收到三次就写一封回信，内容不过是叫他加油而已。当然，李源良是不会写的，一直是我以他的名义来写。旅行中，我也给席有仁寄过几封信和明信片。当时曾计划顺路去趟新加坡，便就此事联系了席有仁。不过，后来新加坡之行因故取消了。

旅行回来，战争便爆发了。至于关闭银行在上海的业务转而移至重庆，也是我以李源良的名义作出的决定。战争中，我与席有仁的联系一时中断。后来我听他说，在日军占领新加坡后，他便放弃事业开始四处逃亡。等战争结束，兴祥隆银行又重返上海。同样，席有仁也回到了新加坡，开始收复以前的企业。双方都忙着处理自己的事。

关于战后上海经济界的状况，想必你也知道，简直无以名状。官僚资本掌握了所有生杀予夺之大权，我每每想起就会肝肠寸断。民族产业无法逃离棍棒的扑杀，尽数被灭。兴祥隆银行融资的民族产业全部破产，银行也因而倒闭。我甚至远渡美国，企图寻找救亡之策，却均失败而回。就这样，长年的梦想受到毁灭性的打击，一朝破灭。

我们放弃上海，流落到了香港。我和李源良均无妻子。李源良的妻子在重庆去世，并无孩子；我虽然并非独身主义者，但忙于工作，也未成家。我们都无牵无挂。因此，我们计划在香港重新开始。然而，对外来人而言，香港的风潮并非那样温暖，而且我们也没有任何基础。我们花光了身上仅有的钱，却连一个像样的事业的衣角都没摸到，仅剩一身皮骨。南国的太阳实在酷烈得无情。应该北返吗？不，此时中原早已战火密布，红军已如波涛般跨越了长江。

我们从一流公寓迁至二流公寓，这样做自然是为了节约经费。后来，我们更是搬到了三流公寓，而且是二人同住一间小屋，沦落之感愈发痛彻心扉。就在那时，我偶然间遇到了一位以前在上海结识的日本实业家。那位名叫矢田的日本老人刚好前往东南亚旅行，归途顺路就来了香港。矢田是工业家，拥有一家生产塑料的工厂。在他眼中，旅行所到之处都是他产品的市场。而且，他当时正在考虑产品的直接出口，恰巧就遇见了我们。性急的矢田老人立刻热情地劝说我们："来日本吧，帮我负责工厂的出口部门，我的产品的客户都是南洋的华侨。"

"去吧！"李源良说，"我也很想去看看日本，以前旅行时，从没在那里逗留过两天以上。"

我同意了。反正当时进退维谷，如此可谓正中下怀。

在香港穷困的底层生活，让我对李源良有了新的认识。我当时大受打击，心中充满了落魄的感慨，可李源良却并非如此。若论落魄的严重程度，他才是真正从极高的地方狠狠摔下来的一位——顶级的大资本家一下子沦落到了近乎无业游民的境地。而我原来只能算是中产阶级，如此境遇本不足以令我一蹶不振。但即便如此，我仍受到了沉重的打击。可是，你猜李源良怎样？他失去了小提琴，却在湾仔买了一把便宜的胡琴，整日开心地弹奏，毫无像我一般山穷水尽的悲壮感。他的舌头本应习惯了美食，但在吃路边摊的荞麦面时，他也会十分满足地吧嗒嘴巴。至于衣着打扮，反倒是我更加在意。

我说服他换了名字。我虽有李东昌这一名字，但当时那般落魄，实在羞于使用。李源良虽然并不执着于此，却也按我说的起了一个假名，用在了身份证上。

我们来到日本，负责矢田公司，也就是朝日产业的出口部门，但一切却与此前并无不同。之所以这样说，是因为工作还是全部由我处理。相较于塑料，李源良对美术展览和音乐会更感兴趣。他似乎很喜欢东京，称赞那里文化气息浓厚。我也很喜欢日本，因为这里有真正的工业，令我获益颇多——我觉得青年时代的梦想仿佛又重新复苏了。

在矢田老人的关照下，我们在朝日产业的地位也还稳固，但公司的干部们却对如何对待出口部门抱有很大的疑问。这样说，是因为当时有一家提供原料的财阀商社要求获得出口的代理权。若将代理权转让，购买原料的资金周转应该会变得轻松许多。如此一来，朝日产业的直接出口部门的存在不但变得可有可无，反而撤掉更好。

我十分担心，李源良则依旧逍遥度日。不过，唯独一件事令我感到颇为欣慰——席有仁在南洋的事业发展迅速，势如破竹。对席有仁而言，战后的混乱或许正好为他提供了大展身手的舞台。他转眼间便填补了战时的空白，眼看着壮大起来，形成了一股强大的势力。

这样的席有仁依然时常来信。有一次，李源良带着事不关己的表情，开心地说道："呵呵，那家伙也做得不错嘛！"我心下惊愕，直直地盯着他幸福的笑容。对我们而言，席有仁的惊人发展有着重大的意义。他在信中曾表示，他迟早会涉足外贸，叫我们再忍耐一阵。这对我们而言拥有何等重要的意义，难道李源良不明白吗？对他而言，似乎得到外国著名音乐家所办演奏会的门票更为重要。不过，没关系，因为他是木偶，而我是木偶师。不用说，给席有仁写回信是我的工作。于是，我频繁地与席有仁联系，静待时机。

然而，李源良却突然死于交通事故。为了准时赶去听音乐会，他急匆匆地横穿马路，却被一辆出租车撞飞。李源良之死令我觉得浑身都失去了力量。没错，他或许的确是我随意操纵的木偶，但观众一直以来看见的都是这个木偶，没有任何人知道藏在幕后的木偶师是什么模样。面对破碎的木偶，我茫然呆立，不知如何是好。

这个木偶曾在兴祥隆银行的董事会上发表创新性的意见。战后重回上海后，他的银行又绝望且奋不顾身地支援民族产业。然而，身为银行主人的这个木偶，却连纺织中最简单的原价计算都不懂，只热衷于从扬子江公司的朋友手中得到外国唱片。被海量的资料和数字掩埋、拼命与官僚资本作斗争，以及过去那些创新意见的来源，都是我李东昌。流亡香港、饱经风霜、忧愤度日的又是谁？还是我。而李源良只知抱着胡琴，享受南国的和风徐徐！

即便如此，但人们会怎么想呢？既是具有创新性的银行家，又是火热的爱国者，并且为了民族产业废寝忘食、不懈奋斗，最终光荣败北的硬汉……这些头衔都加在了那个木偶身上，实际上却都是从我身上剥夺走的。

木偶碎了，一切便都结束了吗？不，一切都与以前一模一样，碎掉的不过是形骸罢了。

这很重要。之所以这样说，是因为席有仁已经完成了外贸部门的准备工作，很快便要开展业务。而且，朝日产业的老东家去世后，新董事会经过内部商议，已经决定关闭出口部门——碎掉的木偶恐怕从未想过这些事。在李源良死去的一刹那，他脑中浮现的只会是幻想交响乐队即将开始的华丽演奏，并为自己错过这一机会而感到悔恨。也就是说，我那亲爱的木偶根本不需要席有仁，需要席有仁的不是别人，正是我这个木偶师。

席有仁总在信中提及昔日的恩义，他之所以联系李源良并打算提供工作，也完全是因为那件往事。而李源良一死，席有仁此生似乎便再也无法报恩了。果真如此吗？实际上决定救济瑞和企业的人究竟是谁？

我虽是木偶师，但如今木偶已碎，难道我不能出面成为新的木偶吗？此前给予木偶那么多的东西，如今不正是收回的时候吗？

我成了李源良。这绝不是一件可耻的事。之所以这样说，是因为一直被人们认为属于李源良的东西，其实全都属于我。我所做的并非夺取，而是收回。

我和李源良都没见过席有仁，总是擦肩而过，也不曾互赠照片。确认的办法只有一个，那就是互相知道救济席有仁的原委，以及二人通信的内容。说到李源良和席有仁之间的通信，我比真正的李源良更加熟悉。对于席有仁的一部分来信，李源良甚至从未读过，而往南洋写信的人一直是我。

我并未将李源良的死讯通知席有仁。席有仁认识的李源良是救他脱离困境的李源良，而这个李源良其实并未死去，还好端端地活着。我彻底变成了李源良，并且对此毫无罪恶感。我只是收回给予那个已死男人的东西而已，顺便也包括名字。

当时，我羞于没落，便在香港使用了假名。来到日本后，在外国人入境登记中也使用了那个假名。但实际中，我们使用的自然还是真名。中国人大多拥有两三个名字，诸如字、号。从这一点上来说，并没有什么不妥。只不过在东京，虽然只限于与朝日产业有关的极小范围内，但毕竟有人知道我并不是李源良。因此，我觉得不能留在东京。

席有仁终于进军外贸行业，并将昔日的恩人李源良指定为驻日总代理。于是"李源良"离开朝日产业，创办了一家新店。为了令精神面貌焕然一新，兼且考虑到关西是日本产业的重要中心之一，"李源良"便决定将根据地迁至神户——对于这一决定，南洋的席有仁丝毫未觉奇怪。

不愧是瑞和企业，有它作为后盾，那些生意的交易数额都异常巨大，与此前专门出口塑料的小家子气的生意不可同日而语。而且，由于往事之故，在商定价格时，席有仁也给我留出了非常大的利润空间。

转眼之间，我就获得了巨大的利益。我的梦想开始再次膨胀起来。成为海外民族产业的旗手——这一梦想变得不再模糊。我的可用资金逐渐增多。此前的华侨主要都活跃于商业部门，但我认为今后必须扩展到生产领域。在从事了好几年、已经颇为熟悉的塑料工业方面，我积累了不少知识，规模上也恰好合适。可以先建设塑料工厂作为起步，然后再扩大规模——或许我的年纪有些大了，但我会尽力而为！我之所以降生在这个世界上，就是为了完成这一事业。

或许你会认为我是在狡辩，但我还是想说——我从未想过要赚钱来过上奢侈的生活。我的生活一向俭朴，只要你去一趟我家就会明白。在产业界留下足迹才是我唯一的生存价值。不是我夸海口，我的个人生活毫无问题。我一门心思地埋头事业，甚至懒于成家。名声？那也非我所欲。只要想想我一直满足于木偶师这一身份的事实，自然就会明白。

后来，席有仁来了日本。我并未感到慌张，因为我是比李源良更真实的李源良。无论谈到什么，我都能应对得比真正的李源良更好。在信中，我也时常写下一些身为实业家的哲学观念，而真正的李源良与这些可说是毫无瓜葛。因此，席有仁若与真正的李源良讨论实业哲学，只怕席有仁反会感到疑惑。

席有仁乘船抵达了。由于是初次见面，我们约定在帽子上插上黄色假花作为标记。当我们的手第一次握在一起时，他几乎快要流出泪来。我丝毫没有感到心虚愧疚，因为将这个男人从毁灭边缘拯救回来的人就是我。

我做梦都没想到，在神户竟会有知道我不是李源良这一真相的人存在。可是，我却还是与以前在银行任职的徐铭义相遇了，而且，他还曾带领席有仁游玩上海。我当时吓了一跳，但仔细想想，又觉得无须担心。席有仁很忙，他计划只在神户待两三周的时间。在此期间，我应该会与他形影不离。徐铭义说他在东亚大街附近经营一幢公寓,要在这两三周内避开他,实在是轻而易举之事。

我对徐铭义自然只字未提席有仁。可是,他还是知道席有仁来了神户,告诉他的人便是你。有一天,徐铭义来到我的办公室,说既然席有仁来了,就要我让他们见上一见。他说:"是在这幢大楼的地下室开食堂的陶先生告诉我的。"我不禁大吃一惊,幸好席有仁当时并没来我的办公室。不知为何,徐铭义对与席有仁的会面表现得十分热切,绝不仅止于希望见到老朋友的程度。我若不加以引见,他或许便会自行去找席有仁。我看他两眼放光,可能有非办不可的要事。无奈之下,我只好答应联系席有仁。事态开始变得出乎我的意料了。

我静下心来思考,想到了三个办法。第一,跪在席有仁面前,坦承我不是李源良。然而,唯独这个办法是万万不行的。真正帮助席有仁的究竟是谁?我怀着明确的信念,继承了李源良这个名字。我觉得,这是我和李源良之间早已签订好的契约——将借出的东西收回,"名字"就算是利息。不过,这种事已经无所谓了。若是此刻向席有仁坦白,那我的梦想怎么办?很遗憾,就目前而言,若无席有仁的援助(当然我有接受的权利),我的梦想终究只能是梦想。对我而言,这无异于夺走我的生命。

第二个办法便是向徐铭义毫不隐瞒地说明一切缘由,将其收买。可是,我想到徐铭义以前的性格,就不由得对这一办法感到怀疑。他是一个一丝不苟的人,不仅如此,还完全不知变通,病态地执着于弄清所有事情。纵然用钱,恐怕也无法改变他的这种本性——不,或许可以。可是,我并不想对任何人说出真相。或许我也是偏执狂的一种吧——不,并非或许,而是的确如此。事已至此,我无法否认。

既然第一和第二种办法都行不通,便只能采取剩下的第三种办法,也是能阻止徐铭义和席有仁见面的最稳妥的办法——除掉徐铭义!

星期日中午,我去了徐铭义的公寓,收发室里并没有人。挂钟响了一声,我看看手表,指针指向十一点三十五分。我的手表很准。我向管理员的房间里望去,只见挂钟的指针指向十一点三十分,慢了五分钟。老实说,我当时尚无具体计划,但我隐约感到,必须借此机会制订一个作案计划。因此,我觉得应该将手表的时间与那个挂钟的时间调成一致。于是,我将手表调慢了五分钟。

徐铭义一边大发牢骚,说自己有些伤风,不得不窝在家里,一边将我带入客厅坐下。我告诉他已经联系了席有仁:"过后我会通知你具体时间,总之,他对你们的会面十分期待。"

我对他说,此番前来就是为了通知这件事,他听后极为惶恐,表示并不着急。然后,他就去查看墙上的一览表,给名叫"白宫"的咖啡馆打去电话,要了一杯咖啡。

我若无其事地观察徐铭义,只见他面戴口罩,只有说话时才稍稍将口罩掀起。他穿着鲜红的套衫,头上夸张地缠着绷带,与先前遇见时的打扮一模一样。他取出咖啡杯和汤匙,放在桌上。过了不久,咖啡馆的女招待便端着咖啡壶走进来,向早已备好的咖啡杯中倒入黑色液体,并从围裙口袋中掏出一块纸包的方糖,放入杯中。然后,她便走出了房间。咖啡店只提供咖啡和方糖,并无需要回收的容器。徐铭义有洁癖,自然不想使用咖啡馆那些来历不明的容器。然而,最重要的是——"白宫"的女招待之后便不用再来了……

徐铭义邀我下象棋,说是久别重逢,应该来一盘。我们走进后面的卧室,下起了象棋。他以前就是一个高明的棋手,我一败涂地。我称赞道:"你还是那么厉害。"

"是啊,平均下来,我一直都赢。我还做了记录。"说着,他从套衫的口袋中掏出一串钥匙,打开桌上的手提保险箱,从中拿出一本黑色皮面的账簿,将对战记录展示给我看。他得意扬扬地说道:"每局赌一百日元，自今年以来，输赢相抵，我已经净赚七千日元了。"

在开始下一局的较量前，我们闲聊了起来。我问他平时访客是否很多，他回答说客人很少，一周至多不过三人而已——基本都是来下象棋的朋友。我又问他："今天是星期日，会有朋友来下象棋吧？"他答道："应该会来，但通常都是吃完晚饭后再溜达过来，差不多八点就会回去。他们很关心我的健康，而且夜里实在是太冷了。"听了他的回答，我开始在心中算计起来。

随后，我称赞他的公寓道："这么大的公寓，只有正门能够进出吗？"

"还有后门。"他答道，"走廊往正门相反的方向，走到尽头向左转便是，只不过很少有人使用。"

离开时，我从后门出了公寓。那时，我已经大概制订出了作案计划。从后门出去便是一条狭窄的小巷，我看了看手表，然后快步绕了一圈，重新回到"鸥庄"的正门，随后再次确认了时间——正好用时两分钟。

拜访完徐铭义，我便去了商店，购买了旅行提包、雨衣和海绵胶底运动鞋，回家时又在三之宫买了墨镜、口罩和绷带。

三十三、自白书续

晚上八点左右,我再次前往"鸥庄"。先前我便发现,在巷子一角有一大堆锯末,如同一座小山。眼见四下无人,我顺手就将旅行提包藏入其中。

徐铭义的房间里还有人在下象棋,也就是你和安记公司的朱先生。你们走后,我告诉徐铭义,席有仁明天下午会空出时间来等他。他十分高兴,说自己有件事希望席先生帮帮忙。我并没问是什么事,因为就算问了也没用。这一次,送咖啡来的女孩子并不是中午的那个女招待。我一边喝着咖啡,一边在卧室里与徐铭义热烈地谈论上海时代的往事。

我无数次望向手表,每次徐铭义都会问我:"您有急事吗?"我反复回答:"是的,有点儿事儿。"火盆里的木炭烧得正旺,卧室里十分暖和。他还特意将我的大衣塞进了衣柜,即便我说很快就会告辞,他也不同意,反而一把抓起桌上的大衣走开了。

当手表指针指向八点二十分时,我站起身来,说道:"我该告辞了。"

"再待一会儿多好啊,不过,既然您有急事,我也不便挽留。"说着,他打开衣柜，取出了我的大衣。我向他道谢，穿上大衣，然后将手插入了大衣的口袋。这时，我突然产生了一个想法——如果有奇迹发生，让事先放在口袋里的铁丝消失不见该有多好。然而，奇迹是不会发生的。铁丝就稳稳当当地躺在口袋里，而且，我的手指已牢牢将其握紧。

"我送你到门口吧！"说着，他抢先起身，向外走去。他或许觉得自己是个重病患者，故而步履蹒跚。一步、两步……到第五步时，我便结束了他行走的动作……当然还有他的生命。

想不到竟然如此简单。时间还不到二十五分，下手太早了。本来，一切都应在重新回来时再做，但当时时间还有富余，倘若什么也不做，只是静待时间流逝，哪怕只是两三分钟，我也无法忍受。按照我的计划，要将桌上的手提保险箱打开翻乱，伪装成是小偷所为——现在就做吧！我知道钥匙放在徐铭义那件红色套衫的口袋里，最小的那个便是手提保险箱的钥匙。我戴上手套去开保险箱，但过程有点不顺，等到终于打开箱盖时，我看了看手表，已经到该离开的时间了。

我并未在保险箱里乱翻一气，只是先将箱盖打开，就那样放着。出门时，我看见了电话。电话铃若是响个不停，一定会被人怀疑。于是，我便摘下了听筒。

虽然心中焦急，但我必须慢步走出公寓的走廊，因为管理室的挂钟尚未报时。一步、两步——倘若走出五步后，挂钟仍未报时，我就要以手表罢工为借口，向管理员询问时间。总之，我必须让他清楚地知道我从这里离开，以及离开的时间。幸运的是，在我计算到第五步时，挂钟终于报时了。我向自己的手表望去，时间完全一致。我停了下来，装作疑惑不解。然后，身后响起了管理员的声音——"这个挂钟慢了五分钟。"

我宛如得救一般转过身去，管理员确切无误地看清了我的模样。我又说道："这块手表已经买了六年，一向很准，我还在想怎么会突然快了五分钟呢?不禁吓了一跳。"管理员恍然大悟般地笑了笑,做完这些便足够了。

绕行一圈需要两分钟。至于从巷子角落里的锯末堆中挖出旅行提包、脱下大衣、换上雨衣、再将鞋换成海绵胶底的运动鞋,我准备了一分钟的时间。共计三分钟。

我走出"鸥庄"的正门后大步前行,进入狭窄的巷子后便开始奔跑。不知为何,仅仅半个小时的时间里,那堆锯末堆成的小山竟然消失不见了!附近澡堂的烟囱正向夜空吐着浓烟,锯末堆或许已被搬到了澡堂的燃料放置点,连带那个旅行提包。是因为天黑而没看清?还是已经交给警察了?我脑中不禁一阵眩晕。

不过,我很快便恢复神智。化装道具本就并不重要。我打算确认走廊无人后,再悄悄潜入,因此,化装只是为了以防万一。雨衣和帽子都不是必需的,我可以竖起大衣的衣领,墨镜和口罩也都在西服里面的口袋里,有这些就足够了。鞋子可以直接脱掉——不,似乎连这个也没有必要。

只有一件事比较棘手,那就是绷带。若要扮成徐铭义,绷带必不可少。倘若借用尸体身上的,用完后再归还,这样做既花费时间,也会令人心生寒意。于是,我只能前往东亚大街的药店购买。

我跑进巷子,向药店奔去。但来到大街上后,就不能再奔跑了,因为我觉得路上的行人似乎都在看我。药店里,一个孩子正在看店。我开口说道:"来卷绷带。"正在看漫画的少年猛地抬起头来,一瞬间,我在他的脸上看到了一丝近乎惊惧的表情,而我比他更加害怕。不过,我很快便恢复了冷静。悠闲地看着漫画时突然被客人叫住,只怕谁都会大吃一惊。

那孩子慢吞吞地将放绷带的地方指给我看。交钱时,光是找零钱就核算了两次,焦虑不安的我不禁恶语相向。我说的是中文,那孩子应该听不懂，但我很清楚，在这种地方说中文实在过于引人注目。我似乎给那少年留下了极为深刻的印象。我知道自己做了一件蠢事，但当时情绪激动，也由不得我。

一对情侣正在"鸥庄"的后门附近缓缓漫步，我不得不超过他们。我竖起大衣的衣领，戴上墨镜和口罩，一动不动地躲在电线杆后面——那时的时间慢得真是令人难熬啊！

在确认左右无人后，我便偷偷溜进了后门。幸运的是，走廊里空无一人。自我离开后，已经过了十多分钟，或许已经有人进入徐铭义的房间，发现了尸体，并立即报了警。不不，不会的——我对自己如此说道。倘若果真如此，附近应该早已变得一片混乱。

我偷偷溜进五号房间，从里面悄悄将门反锁。钥匙串上一共挂了六把不同的钥匙，我只用第一把便顺利地锁上了门。看来这是个好兆头。我脱下大衣，放在客厅的圆桌上，然后摘下了墨镜。我走进卧室，任凭钥匙插在锁孔里。徐铭义仰面朝天地躺在床上，似乎一切都毫无变化。我站在衣柜镜子面前，开始往头上缠绷带。然后，我又强忍不快，从尸体身上剥下红色套衫，套在了西服外面。

我和徐铭义都很瘦，只是我比他稍高一些。不过，只要弯腰曲背地坐在椅子里，应该就不会被识破。只要装作在下象棋就行了。头上夸张的绷带、遮住半张脸的口罩，以及极其惹眼的红色套衫——只要有这三样，想必任何人都不会发现破绽。我特意挑了与徐铭义极为相似的裤子穿着，但不可能完全相同。若是徐铭义没有这三个显著的特征，我肯定不会想到要假扮他。总之，我先前扮作李源良，此番又装成了徐铭义。

装有象棋棋盘和棋子的盒子放在桌子最下面的抽屉里。我取出盒子，放在低矮的方桌上，然后将桌子的位置尽量摆偏。必须让其他人进入"客厅"，那人将会成为目睹徐铭义活着的有力证人。按照计划，那个证人将端着咖啡壶，来到客厅的圆桌旁。

我将咖啡杯洗净，放在圆桌上，然后向里屋望去。里屋——也就是卧室，摆在那里的方桌一端被墙挡住，站在圆桌旁无论如何都是无法瞧见的。也就是说，"白宫"的女招待是不可能看到同徐铭义下象棋的人是谁。总之，她所能确认的就只有背对着她的徐铭义正在和人下象棋这一事实。

准备完毕。墙上的电话号码一览表中记有"白宫"的号码。我模仿徐铭义的做法，稍稍掀起口罩，故意将声音弄得含混不清，要了咖啡。

我转动门上的钥匙，将门打开。在"白宫"的女招待来之前，若有其他人进来，我就完了。不过，一切都是赌博，只能碰运气了。下象棋的客人已经回去了，徐铭义不是说很少会有客人来吗——我明显感觉到浑身冒汗。我一边用颤抖的手摆弄象棋棋子，发出"啪啪"的声音，一边等待。我觉得已经等了很久，但手表指针显示，其实只过了不到五分钟。"白宫"就在公寓旁边，所以女招待很快便送来了咖啡。

"白宫"的女招待进入房间后，我终于安心了。女招待倒完咖啡离开后不久，外面便响起了九点的报时声。这也在我的计算之中。该做的都已做了。我将红色套衫重新穿回尸体身上，这费了我不少时间——看来我果然还是很惊慌的。然后，我摘下头上的绷带塞进口袋，拿起客厅圆桌上的大衣搭在臂上。我将门悄悄地打开一条细缝，一边脱鞋一边窥视走廊——空无一人。于是，我蹿出门去，从走廊拼命跑到后门，一头冲进了巷子。来到大街上后，我才想起应该穿鞋，大衣也还被我抱在怀中。我又穿上了大衣。

终于结束了——我将手伸入口袋，碰到了那根铁丝。还没结束，必须把铁丝扔掉。而立交桥下的垃圾箱便是它的归属。

除旅行提包遗失外，计划大体已经完成，我也松了口气……不对！我想我当时一定脸色大变。我突然想起，我忘记在手提保险箱里乱翻一气，好装作是小偷所为。不，这个并不重要。但是，在我离开时，那个手提保险箱的箱盖应该是开着的，而当我过了十分钟左右回去后，看到箱盖已经合上了——我当时果然太过惊慌了，竟然没有在意。直到我踏上明亮的街道、长舒一口气时，才终于想了起来。箱盖的确是合上的！我的双腿突然颤抖起来。箱盖不可能自动合上，也不可能有风吹进那个房间。是因为门的开闭吗？不会，我应该已尽量做到悄无声息。自然，也没有地震发生。很明显，在那十分钟里，有人进入了徐铭义的房间。不用说，那人肯定已经发现了徐铭义的尸体。

那个夜晚十分寒冷，我却一边走，一边用手帕擦汗。我当时走路的姿势必定十分难看。我心跳得厉害，简直像要蹦出胸口，为了平息心跳，我本欲放缓脚步，却突然觉得难以忍受，不由自主地迈开大步，匆匆前行。我在心中不停地责备自己……尸体在遇害之后立刻便被发现了，凶手就是在发现者来之前离开的人。我一味地耍小聪明，却反受其害，故意让管理员看到我的模样更是决定性的失败之举。没错，这就是弄巧成拙！

然而，我走着走着，心中开始生出一丝希望。根据我的手表显示，我回到五号房间是八点四十一分。而在我乔装打扮、叫来"白宫"的女招待，然后收拾好绷带和套衫，最后离开五号房间时，我那慢了五分钟的手表显示的是九点整。就算我第一次离开时前脚刚走，那位不明人士 X 后脚便到，从尸体被发现到我第二次离开的时间，无论如何都不会超过二十分钟。那么，从我离开到现在又过了多久呢？我看了看手表——九点十五分。虽然比实际时间慢了五分钟，但我的计算与几点几分无关，而与时间的量有关。也就是说，从尸体被发现到现在已经过了半个多小时，但我却没有听见任何警车或救护车刺耳的警笛声。说不定那个不明人士 X 是个小偷。倘若果真如此，他就不可能去通知警察。我总觉得这个猜测是正确的。我在心中祈祷，希望 X 存在这方面的弱点，如此一来，他就会保持沉默。

当晚，我一直开着收音机，新闻中始终没有出现关于杀人事件的报道。翌日，到了新闻时段，我带着半导体收音机出了门，边走边认真地听新闻。我愈发确信X是一个"梁上君子"，因此便逐渐冷静了下来。

前一天我便已经将徐铭义的请求告知了住在酒店的席有仁，他和我约定三点在我的办公室会面。到了三点，席有仁准时抵达，我给徐铭义打了无数次电话，始终无法接通。最后，我拨通了"鸥庄"的电话。接电话的是管理员，我就托他带话。管理员一口答应下来，这也说明，徐铭义的尸体尚未被正式发现。

以上便是我第一次杀人的经过，第二次则更为简单，因为我已有过切身体会——不能太玩花样，最好做得干净利落。

田村曾是朝日产业的员工，与我一同在出口部门工作过。因此，他知道我并不是银行的原董事长，而是董事长的秘书。对我而言，他也是一个不能和席有仁见面的人。孰料，我们却再次相遇了。他遵从政治家叔父的命令，带来了邀请席有仁的请柬。据说，他也会出席招待席有仁的宴会。事情很棘手。他以前曾在中国待过一段时间，因此会说一些中文。其人为人轻浮，又习惯用十分拙劣的中文与中国人交谈，而且极为健谈，特别是在饮酒之后……

既然杀了徐铭义，我已经是骑虎难下。起初，我也考虑过收买田村的可能性。他不停地跟我啰唆，说他正被女债主讨债，被追得焦头烂额："我现在在帮叔父做特殊工作，很快就能赚到五十万（日元）。不过，一开始还是得老老实实的，所以很无奈。"于是，我提议以三个月为限，借给他五十万日元。他当然欢天喜地地乖乖上钩了。我指定了地点和时间，约好给他现金，当然又另外叮嘱，叫他绝对不能外传，他表示会写好借据再去。

收买田村是很危险的。他是一个卑鄙的人，一旦抓住别人的弱点，恐怕就会纠缠不休。我手头有一瓶未喝的威士忌，大约一年前别人送的。我在其中加入氰酸钾，并带到了约定的地点。田村是一个好酒之徒。

在约定地点，我将五十万日元和那瓶威士忌一同交给了田村。他那般好酒，或许在回去的计程车中就会喝下掺有毒药的威士忌，升天而去。但出人意料的是，当日在很长一段时间内，他都抗拒住了威士忌的诱惑。回去后，田村将五十万日元还给了等候良久的女债主。处理完身边琐事后，他才踏上了通向另一个世界的道路。这对他而言，委实不易。

我虽然除掉了两个知道我不是李源良、并且意图接近席有仁的人，但没想到，又有一个人出现了——便是李源良的侄女，乔玉。她在美国留学时，曾见过正在视察旅行的席有仁。多年以前，乔玉在信中曾向她的伯父汇报过此事。我只将李源良的死讯通知了乔玉一人，因为她说结婚后打算一直留在美国，却没想到她偏偏在这个时候出现了。而且，在见我之前，她已经和你见过面了，我想她应该已将我的真正身份告诉了你。从你方才的目光中，我能清楚地看出这一点。又或者，你在问她之前便已知道，因为你带来了那个象棋棋子。

你给了我宽裕的时间，我要谢谢你的厚意。而且，你还给予了我信任。我想，对你而言，要告诉我乔玉住在哪家旅馆，是需要做出相当大的决断的。因为我很有可能会带着铁丝或氰酸钾前去那家旅馆……然而，你却凝视我的眼睛，说出了旅馆的名字……或许你从未放松警惕，但请放心，我这次要解决的不是别人，而是我自己。

正如开头所言，我之所以写这封信，是希望在将来有人被冤枉时能够起到作用。承你厚意，希望在那之前不要将此信公开。请原谅我屡次厚颜无耻地提出请求，但我希望能以李源良的名义举办我的葬礼，因为那些人们一直以为属于李源良的业绩和性格，事实上，都是属于我的。我不知道你是会否同意，总之，一切就拜托你了。

三十四、评　定

在陶展文翻译给小岛听的时间里，朱汉生便将同一页读上两遍，然后急不可耐地等待下一页。

等到最后一页读完，小岛和朱汉生不约而同地叹了口气。

"陶先生，您早已知晓此事了，对吧？"小岛问道。

陶展文点了点头。

"从什么时候开始知道的？"

"我是在同管理员交谈时开始产生怀疑的。李源良——不，是李东昌，他离开'鸥庄'时，不是曾对管理室的挂钟报时声感到奇怪吗？"说到这里，陶展文喝了口茶。

"然后，他得知管理室的挂钟慢了五分钟，才终于恍然大悟。有什么不对吗？"朱汉生抢先说道。

"正如这封自白书中所言，他出于慎重起见，上午前往'鸥庄'时，已经对照管理室的挂钟调整了自己手表的时间。既然如此，手表和挂钟的时间就应该是一致的，那他就不应感到奇怪。"

"可是……"小岛说道，"这件事是读过这封自白书后才知道的。

陶先生，我想问的是，您是从何时开始怀疑五兴社长的……"

"我不是已经说了吗？"陶展文说道，"是从和管理员交谈时开始的。我早已知道五兴社长的手表慢了五分钟。那时，这个懒散的朱汉生曾经忘记上发条，导致手表罢工，于是便像偷腥的猫般迅速地瞥了一眼五兴社长的手表，然后调整自己的时间。这一幕恰好被我看见了。后来，我们二人来到这里下象棋，当外面响起十点的报时声时，我发现朱汉生的手表慢了五分钟。也就是说，五兴社长的手表也慢了五分钟。既然如此，他为何要做出一副奇怪的模样呢？最初的线索只有这个。当我看到水上警署的钟塔时，我就在想，这个男人很可疑。"

"原来如此，的确可疑。"朱汉生说道。

"当我和'白宫'的女招待交谈后，我开始确信凶手就是五兴的社长。听了那个女孩子的讲述，我便知道，下象棋时的那个徐铭义其实是他人假扮的。"

"为什么？"小岛问道。

"小岛君，你可能不太了解徐铭义那个人，他非常一丝不苟，甚至严重得会让人以为他精神有问题。我说的没错吧？"陶展文望着朱汉生说道。

"没错。"朱汉生附和道，"他是一个非常神经质的人……不过，这与确定凶手有什么关系？"

"那个人无论做什么事都要保证恰到好处，否则不会罢休。不论什么东西，倘若不能规规矩矩地放在原来的位置，他甚至会感到窒息。'白宫'的女招待曾经说过，门上的锁孔里插着一串钥匙。可是，钥匙串原本不应该在那里，而应该在徐铭义套衫的口袋里，无法想象徐铭义会将钥匙插在锁孔里置之不理。至少，只要徐铭义在房间里就不会。因此，他当时并不在房间里，又或者，他虽在房间里，却已毙命。"

"哦！"小岛依然很疑惑，"不过，这一推理实在太勉强了，缺乏更有力的证据。"

"不，不只是钥匙串。"陶展文说道，"那女招待还说，她看见客厅桌上放着一件大衣。"

"啊！"朱汉生大声喊道，"无论谁来，徐铭义都会将大衣放进衣柜里的。"

"没错。大衣应该放在衣柜里，而不是桌上。还有，那女招待曾经说过，下象棋的对手因被墙挡住而看不见。你们还记得吧？也就是说，当时卧室里的打字机台座是歪斜的，否则至少应该能看见被挡之人的衣角。可是，无论是椅子还是桌子，只要客人稍微弄歪一点儿，徐铭义马上就会将其摆回原位。他就是这样的人，有着近乎病态的洁癖。所以，他不可能歪着桌子下象棋。由此得出的结论便是——那人不是徐铭义。"

"是这样吗？"小岛脸上仍然带着无法理解的表情。

"小岛君，你看起来好像仍有异议，但你不了解徐铭义的性格，自然便无法理解。其实，我之所以推测身穿红色套衫下象棋的人不是徐铭义，并非仅依据钥匙串、大衣和桌子位置这三点，还有下象棋的人面戴口罩这一点。在卧室里，徐铭义是绝对不会戴口罩的。而且，一旦决定的事，他就绝对不会更改。就不知变通这一点而言，他可谓举世无双。客厅里没有火盆，所以去客厅时要戴上口罩；而到了有火盆的卧室，便摘下口罩——这对徐铭义而言就是永不变更的宪法。"

"没错！"朱汉生强有力地证实道。

陶展文继续说道："一两件事或许不足以说明问题，但这里摆着的证据足有四个，我便不得不确定坐在那里的人并非徐铭义了。后来我又得知，有一颗象棋棋子夹在朱汉生裤子折边处，被他带回了家。如此说来，徐铭义应该是没办法下象棋的。若是我们，就算少了一两个棋子，也可以用十日元的硬币代替，但徐铭义不会这样做。他曾经只因棋子上染了点儿墨水,就不下象棋了。"

朱汉生重重地点头:"没错,我将棋子带回家后,他确实就没法再下象棋了,他之前的棋子也已经给了我,此外再无其他棋子。"

"人的眼睛是会说谎的。"陶展文说道,"火红色的套衫、夸张的绷带,以及遮住下半张脸的口罩——只要集齐这些道具,人们就不会注意到其他地方。这封自白书中也说了,他们两人裤子的颜色应该是稍有不同的。"

"但陶先生,您的眼睛却没有上当。"小岛感叹道。

"他靠的不是眼睛。这些情况都是'白宫'女招待告诉他的,所以他靠的是耳朵。"朱汉生纠正道。

"他为何要扮作徐铭义?有必要以此形象示人吗?"陶展文毫不在意地继续说道,"答案显而易见。这是一个让人以为徐铭义当时还活着的小花招,如此一来,在此之前离开的人就是清白的。那么,耍这个小花招的凶手恰恰正是此前离开的人,也就是我、朱汉生、五兴的社长,以及后来才知道叫作辻村的那个矮小男人。我和朱汉生自然排除,还有辻村也可排除。理由很简单——真正的凶手应该会光明正大地离开,因为他甚至需要让人目击自己离开。而且,他还会尽可能地让目击者对他离开的时间留下印象。"

"原来如此,所以他才会以时间为借口跟管理员交谈。"小岛说道。

"没错。倘若管理员不在窗口,他恐怕也会出声将管理员从里屋叫出来,向管理员询问挂钟的时间是否正确之类的。辻村离开时偷偷摸摸的,就像逃走一样,正因如此我才不怀疑他。他不是凶手,但据我判断,他是此案的重要证人,只有他能证明徐铭义当时已经死了。"

这次,小岛重重地点头说道:"所以您才会催促我尽快找到辻村。"

"我已知道凶手是谁,但关键人物辻村却躲了起来。在我看来,只要辻村出面,此案就能告破。但即便如此,我心里仍不太踏实。凶手和作案手法都已经知道了,只有一件事令我感到十分头疼,那就是我完全猜不透作案动机。我本打算向席有仁打听五兴社长的事,甚至因此撒谎,自称是嘉兴中学的教师。可是,我仍然毫无头绪。正在这时,田村被杀了。小岛君的洞察力十分敏锐,你猜得没错,这一命案的确与徐铭义事件有关。我也认为凶手可能是同一人。事实上,我曾偶然见到田村出现在五兴公司,而且,通过社长和田村的交谈方式可以看出,他们似乎以前就认识。于是我想,只要调查田村过去的经历,就能找到作案的动机。"

"田村过去的经历正是我调查的……"小岛问道,"您是通过朝日产业这一点知道的吗?"

"就算是吧!"陶展文说道,"而且当时我在这里读了《南洋日报》,通过席有仁的《东瀛游记》得知,他与李源良虽有很深的渊源,但出人意料的是,他们这次竟是初次见面。双方约定插着假花,作为标记。由此我便大体猜到——五兴的社长或许并不是李源良。倘若有人知道他不是李源良,并且可能会将此事告诉席有仁,那么五兴社长或许就会将其杀死。"

"根据这封自白书所言,您昨天向凶手暗示了这一假设?"小岛问道。

"那时早已不是假设,因为我遇见了真正的李源良的侄女夫妇二人,已经将事情打听得一清二楚。说暗示有点牵强了,李源良的侄女来到神户,辻村也会出面作证——对五兴的社长而言,这两件事已经是决定性的了,何况我还带去了那颗棋子。"

陶展文缩进椅子里,点着一根香烟,仿佛在宣告谈话到此结束。

"换个话题……"朱汉生开口说道,"那家伙如此这般地求你将他以李源良的身份下葬,身为治丧委员长,你打算怎么办?"

"此事已经得到李源良侄女的谅解了。"陶展文懒洋洋地说道,

"倘若举办两次葬礼，伯父也会高兴的——乔玉是这样说的，然后便同意了。我相信李东昌的这封自白书，被归于李源良的一切都是属于他的。我也问过乔玉，情况基本属实。李源良的尸体已被草草火化，不如这次就针对他的业绩举办一次葬礼，而且席有仁也会出席。"

"说不定……"小岛低声说道，"被他杀害的不止两人，而是三人……"

"不，不会。"陶展文打断小岛说道，"起初我也有此怀疑。倘若果真如此，我无论如何也不会同意他的请求的。可是，真正的李源良的确只是死于交通事故。乔玉已在东京将伯父死时的情况打听得一清二楚，此事断然不会有错。"

"即便如此，我还是觉得这样做太过宽容了。"小岛带着无法理解的表情嘀咕道，"不仅不揭穿凶手的真正身份，还要举行盛大的葬礼……他可是杀了两个人的杀人犯啊！"

陶展文凝视着小岛，脸上浮现出悲伤的表情。随后，他带着歉意的语气说道："你能认为他已经疯了吗？"

小岛似乎开始思考这句话的含义。

"一个人若只执着于一件事，他就会变得疯狂。"陶展文说道。

或许的确如此——小岛陷入了沉思。靠着陶展文的翻译，他得以了解自白书的内容。对于死去的李东昌对梦想的热情，以及为了保护这个梦想，不惜去做任何事情的心情，自己也并非完全不能理解。但即便如此，夺取他人性命是绝对不能原谅的。

"就算是你，若是为了保护比自己生命更重要的东西，只怕也会变得疯狂吧？"说着，陶展文不慌不忙地站起身来，"连我自己也无法保证。也不知这是幸运还是不幸，我还从未只执着于一件事情过。"

"如果你对做菜无比投入，要是有人乱说你做的菜很差，你说不定就会用菜刀猛砍那家伙。"朱汉生开玩笑地插嘴说道。

"幸好我还有家庭生活，中医和拳法也能分散我的精力。"

"还有象棋。"朱汉生补充道。

"我必须去安排葬礼了，不是李东昌的，而是李源良的。我打算向人们解释，这次葬礼是针对李源良的业绩而举办的……我先走了。"

走到门口，陶展文突然转过身来，问道："小岛君，你之所以心有不满，是否是因为无法将这一新闻进行独家报道？"

小岛猛地从椅子上跳起来，大声说道："不是，没这回事！我绝对没有那样想。"

望着陶展文走出房间的背影，小岛又再次大声喊道："绝对没这回事！"

然后，走廊里传来了陶展文的声音："你也疯不了，很安全，因为你并没有一门心思地只执着于工作之中。"

听闻此言，小岛不禁想起了报社一位被人们称作"工作狂"的前辈，倘若那人在此……

小岛心头生出一种冲动，只想追上陶展文，解释自己心怀不满的原因——不是因为无法报道独家新闻，而是出于道义上的感情。但是他并未起身离开椅子，因为这样做就如同狡辩，让他觉得很不舒服，于是他再次考虑，改变了想法。

杀人犯必须受到惩罚，这是道义上的问题。然而李东昌不也已经惩罚过自己了吗？

三十五、尾声　十二月三十一日

　　每年除夕，"桃源亭"都会在下午两点打烊。然后，健次和服务员们就会开始大扫除。因此，陶展文纵不情愿，也只能被赶出店门。这时他也不能回位于北野住宅区的家中，因为那里也在准备迎接正月，同样一片混乱。就算他在，也只是累赘。在这种情况之下，他便养成了习惯，几年来，一到除夕中午就会到朱汉生家去。安记公司的事务所早已收拾干净，还在忙碌的只有一家人所住的里屋。果然，被视为无用之物的朱汉生已经在办公室里备好棋盘，摩拳擦掌，严阵以待。

　　"哎呀，你终于来了。"

　　一见陶展文进来，朱汉生立刻将手伸向装棋子的盒子。陶展文则采取"以逸待劳"的古典战术，不慌不忙地坐下来，叫性急的敌人干着急。

　　"真好啊！"陶展文说道，"你夫人能在正月之前回来。倘若回来晚了，除夕大扫除什么的你大概是不会做的吧？"

　　"管它呢！"朱汉生一边摆棋子，一边说道，"先一决胜负再说。"

　　"不要这么心急嘛！"

陶展文拿起放在桌上的《南洋日报》，报纸刚刚空运过来，封条还未剪掉。

"席有仁也回到新加坡的老窝了。"陶展文剪断封条，打开报纸说道，"哦？《东瀛游记》最后一章出来了。"

"一会儿再看吧，先来一盘！"朱汉生口中催促，甚至开始替对手摆起了棋子。

"象棋可以稍后再下，先让我看看这个。"

朱汉生不耐烦地咂着嘴巴，陶展文却毫不理会，端起了手中的报纸。

我此次访问日本的最大目的便是与恩人L氏见面。但可悲的是，这次访问却极具戏剧性，远远超出了我的预期。和恩人才刚刚见面，我便出席了他的葬礼。谁能想到会发生这样的事呢？L氏因煤气中毒，死于意外——当我在酒店接到T氏打来的通知电话时，顿时感到一阵茫然，眼泪也流不出来。列席葬礼，我的泪腺才终于找回了原有的机能，泪水自双眼滚滚而出，不可遏止。我不记得自己一生中何时曾流过如此多的眼泪，今后只怕也不会再有。泪水朦胧了我的双眼，一切都变得模糊，甚至连挂在祭坛左右的挽联也看不清楚。那是我所作的挽联：

献身民族产业功高望重
遗德众口皆碑雨泣风凄

朱汉生早已等得不耐烦，陶展文一放下报纸，就看见他那张紧绷的脸。

"好吧，我来应战。"

战罢数局,二人暂时中场休息。正在这时,小岛来了。他正为年末采访而东奔西走,来这里是为了稍事歇息。同时,他还带来了一个好消息。

"陶先生,辻村的姐姐给我寄来了五万日元,说是她弟弟欠款的一部分,剩下的慢慢再还。"

"那就好。"陶展文说道。

"来,接着下。"朱汉生从旁催促。

陶展文刚刚才点着了一根烟,便说道:"先等我抽完这根烟。"

他深深地吸了一口,合上双眼。《东瀛游记》的末尾附有一篇席有仁为李源良招魂而作的祭文,葬礼上,席有仁曾断断续续地宣读这篇祭文。如今,文中的一字一句都重新浮现在陶展文的脑海之中。

唯愿百年修好,孰料东瀛招魂。时维农历十一月,寒霜枫叶染丹,悲风四起。呜呼!人生于世匆匆,恍若黄粱一梦,唯令名一世传颂,人虽死矣,其魂未亡……凭棺恸哭,漱词荐酒。唯冀神明,来格来飨。

陶展文试着设想,若是自己会写出怎样的祭文。若是他的话,文章大概会以《追悼枯草之根》为题。强韧的根深入地下,纵横蔓延,与周围的土壤融为一体,却在突然之间失去了草。人们此前看到的只有地面上草的花叶,而根却在一直——甚至今后也在为继续存活下去,努力地变得更加强韧。

……这些内容恐怕也无法写入祭文之中吧!

"抽完烟了,开战吧!"

朱汉生洪亮的声音将陶展文拉回了现实之中。

他不经意间低下头去,染有墨水的棋子正好摆在眼前。